鼠男
Ratman

ラットマン

道尾秀介

珂辰 譯

（！）鼠男／目錄

005 總導讀／世上只有一個的「世界」／佳多山大地
015 序　曲
027 第一章
097 第二章
145 第三章
209 第四章
247 第五章
271 終　章
291 終　曲
304 解說／鼠耶？人耶？孰眞相耶？——關於《鼠男》／臥斧

世上只有一個的「世界」

總導讀／佳多山大地

道尾秀介是目前現代日本推理小說界中最受矚目的優秀新進作家。本文將藉著介紹從二〇〇五年的出道作《背之眼》到第七部長篇作品《鼠男》，來追溯這位一九七五年出生的年輕作家在轉眼之間便被認同為足以支撐下一個新時代新希望的軌跡。此外，關於各部作品的內容，為避免扼殺諸位讀者的閱讀樂趣，筆者將在後半部的「作品列表」中，簡單地寫出故事開頭部分。

道尾的作家出道之路，絕對稱不上順利風光。出道作《背之眼》是僅六年歷史的新人獎「恐怖懸疑小說大獎」（幻冬舍、新潮社、朝日電視臺主辦）的第五屆投稿作品。本作在評選過程中，引起了三位評審委員當中，領導新本格風潮的綾辻行人注意，獲得了第二名的「特別獎」。《背之眼》在恐怖怪奇的氣氛和邏輯推演上取得了絕佳的平衡，但在決選討論會上，評審卻認為此作受到京極夏彥《姑獲鳥之夏》之「妖怪系列」的強烈影響，以至於與大獎擦身而過。然而，道尾隨即在第二部作品，證明了自己的能力並不只是京極的跟隨者。

毫無疑問地，道尾在第二作《向日葵不開的夏天》發揮了身為新生代作家的真正價值。在出道當年十一月所發表的得獎後第一作，是一部以死後「輪迴轉世」的超自然——或是可說是佛教式——的設定為基底，融合了特殊且縝密的本格推理元素，成為一部描述「恐怖孩子」（enfant terrible）的傑作。道尾以抒情的筆法描寫了孩子們特有的殘酷和悲哀，在最後瘦小的主人翁所背負的「沉重故事」，讓人內心不禁湧起一股難以壓抑的哀痛之情。

二〇〇六年一月，第六屆本格推理大獎的入圍作公布之際，《向日葵不開的夏天》初次成為日本推理界的話題。道尾以一介新人之姿，和島田莊司的《摩天樓的怪人》、東野圭吾的《嫌疑犯X的獻身》等老牌作家同場較量。所謂的本格推理小說大獎，是由本格推理小說的創作者和評論家為主，在二〇〇〇年十一月成立的「本格推理作家俱樂部」所主辦的獎項。雖然道尾此時與大獎錯身而過（第六屆的得獎作為《嫌疑犯X的獻身》），不過這位出色新人的名聲已廣為推理小說讀者熟知。

接下來的《骸之爪》是以初次在出道作《背之眼》登場的「真備靈異現象探求所」所長真備庄介擔任偵探的第二部系列作。在佛像雕刻師工房接二連三發生的怪異事件，與二十年前下落不明的天才佛像雕刻師產生了關聯，描繪出工房主人家族的悲劇。這部作品令人聯想到作者敬愛的推理小說大師——橫溝正史名作《獄門島》（一九四九年），描述了人把人當成棋盤上棋子「操弄」的故事，徹底將讀者玩弄於手掌心。

第四部的《影子》則是和成名作《向日葵不開的夏天》走相同路線，以認知科學／腦科學為主題的優秀作品，同時也是作者獲得第七屆本格推理小說大獎的初期代表作。在故事結尾，作者將巧妙的伏線一一收攏之際，母親均已身亡的少年少女，終於得以放下背負的「沉重故事」。相較於《向日葵不開的夏天》，本作強調了未來破碎的家庭將可獲得重生的希望。

在這裡，筆者想稍微談一下「認知科學推理小說」。雖然聽起來有些複雜，不過不必覺得太困難。台灣的推理小說讀者，想必也已經讀過所謂「敘述性詭計」的作品，但由於列舉具體作品名稱，違反了閱讀推理小說的禮貌，所以筆者省略這個部分。所謂的「敘述性詭計」作品是以第三人稱的敘述不說謊的最低程度限制下，巧妙地保留部分情報，在劇情架構上花費各種心思，好比以上述的書寫方式讓讀者誤認登場人物性別或年齡的作品群。作品中人物（嫌犯）的詭計並非用來欺騙調查方（偵探），而是作者用來欺騙讀者的，這種帶有後設小說趣味的部分則在「解謎篇」攤牌。讀者在作者巧妙的誤導下，腦中產生一個「自以為的世界」，而以這個「自以為的世界」一路往下讀。也因此看到結局時，了解真相之後，便會感受到宛如世界崩壞的衝擊。道尾在乍看之下是冷硬派作品的第五部長篇作品《獨眼猴》便正面挑戰了正統的敘述性詭計。這部作品的形式雖然是聽力、視力比常人發達的超人們所演出的偵探劇，讀者在腦中自行構築的世界，卻在結尾被作者換上了另一種鮮豔色彩，掩卷時勢必會對真相目瞪口呆。敘述性詭計在《獨眼猴》中和作品主題緊密結合，讓讀者不得不承認自己的確會對「異於常人」露出歧視的眼光。

另一方面，目前被視為「認知科學推理小說」的作品群，指的是登場人物腦中有某種「錯誤」，而以這號人物（不可信任的敘述者）所看到扭曲「世界」為背景的推理小說。會出現這類作品，起因於所謂的現實和幻想是否真為對立的兩端？人類所產生最大公約數的幻想是不是就是所謂的現實？也就是說，對於人類而言，腦中的情況，恐怕是最貼近自身又永遠無法解明的神祕領域。我們永遠無法知道別人究竟在想什麼，對方到底怎麼「解釋」這個世界，這不正是一種日常中的冒險嗎？舉個比較俗氣的例子，當你暗戀A時，以及你向A告白後被拒絕，這兩種狀況使你對這個世界的看法大為改觀；你無論如何都不肯接受被A拒絕的事實，所以編織出「屬於自己」的故事——其實對方得了不治之症，就算喜歡自己，也無法接受自己的感情；或者A是外星人，不被允許和地球人談戀愛。當事者並不認為「故事」來自於扭曲的看法，因而建立起一套堅強的世界觀。在他人看來，會覺得此人在日常生活中想必非常孤立。

然而，敘述性詭計作品和之後從該類作品所衍生的認知科學推理小說，兩者並非對立。讓讀者產生扭曲想法的作品是敘述性詭計作品，而登場人物想法扭曲的作品則稱為認知科學推理小說，這種說法其實只是為了方便區分。雖然作者在《向日葵不開的夏天》和《影子》明顯地展現了對於認知科學的興趣，不過當然不是只有人類才會思考。寵物中最受歡迎的狗，腦中應該也有其獨特的「世界」。第六部長篇作品的《所羅門之犬》，一方面讓探索動物情報處理能力的動物生態學家擔任偵探，一方面也是一部清新的青春推理傑作。

二〇〇八年三月的長篇作品《鼠男》，毫無疑問會成為道尾的代表作之一。在作品的構造上，重疊了和男主角姬川亮有關的過去、現在兩起「殺人案」，兩個案子都有多次翻轉。在這部作品中，道尾將事件前後的「脈絡」隨著情報的取得而改變結果的心理現象，以及有時看來像老鼠、有時像人類的《鼠男》畫作，搭配得天衣無縫。也可以說，《鼠男》與認知科學推理小說以及歷來的敘述性詭計作品不同，不如說是以阿嘉莎・克莉斯蒂式「double meaning」（同樣的文章擁有多重意義）的手法，創作出來的優秀現代解謎小說。

對於備受期待的新進作家，實在無法在此時寫出有實際結論的作家論。不過，如果要說明道尾作品的特徵，應該是他對於「人類如何看待自己外側的世界」這個命題有強烈的興趣。也就是說，每個閱讀道尾作品的讀者自身所擁有的世界，與道尾作品中的世界產生碰撞，「謎團」便由此而生。所以，道尾才會經常以十歲左右的少年為主角，因為這個年紀即將進入青春期，開始意識到自己和家人以外的「社會」。如何理解現實世界，是會隨著人類成長而改變的。並不是相信聖誕老人實際存在的孩童「世界」很幼稚，而送給情人高價禮物的大人世界便是現實。不如說是慣於說謊的大人，不知不覺在「應該不是這樣」、充滿不安要素的世界中生存下來，不斷接受對於自己腦中「故事／世界」強度的批判，以及自我內心是否誠實的測試。在閱讀當代最出色的說故事高手所編織的謎團時，希望這世界上僅有的「你的世界」，能夠朝著更美好的方向改變。

作品列表

〈長篇小說〉（★為偵探「真備庄介」系列作）

★一、《背之眼》（二〇〇五年一月）第五屆（二〇〇四年）恐怖懸疑小說大獎特別獎

主人翁真備庄介執著於靈異現象研究，他不斷收到人類背上出現一對眼睛的恐怖照片。而且這些背上出現眼睛的人在拍下這樣的照片之後，全都自殺了。福島縣的山中小村是這些不祥「背之眼」照片的拍攝地，那裡接二連三發生兒童失蹤事件。前往現場的真備偵探是否能找出靈異照片和兒童相繼失蹤事件的真相？

二、《向日葵不開的夏天》（新潮社‧二〇〇五年十一月）第六屆（二〇〇六年）本格推理大獎小說部門入圍作

「我」在送暑假作業到S家裡時，發現了他的上吊屍體。但是，接獲通報的警察到現場時，卻發現他的屍體不見了。更讓「我」驚訝的是，已死的S竟然轉世成一隻蜘蛛，並向「我」表示他是被級任導師殺死的。九歲的「我」和年幼的妹妹，以及轉世成蜘蛛的S所演出的奇妙偵探劇就此揭幕。

★三、《骸之爪》（二〇〇六年三月）

恐怖小說家道尾為了取材，前往某間佛像工房。深夜目擊了全身被白霧包圍的明王像，驚訝的他立刻拍下照片。隔天，明王像並沒有任何異狀，不過照片一洗出來，卻發現明王從頭部流出了鮮紅血液。探索靈異現象的不速之客真備庄介偵探，來到了不斷發生佛像雕刻師失蹤事件的工房，追尋真相。

四、《影子》（東京創元社・二〇〇六年九月）第七屆（二〇〇七年）本格推理大獎小說部門得獎作

我茂凰介的母親留下了「人死之後什麼都沒有了，就是這樣。」的遺言，便因癌症去世了。凰介在大學醫院工作的父親洋一郎，曾為妄想症的精神問題所困擾，在妻子死亡前後，狀況更加嚴重。一方面，凰介的青梅竹馬水城亞紀一家也發生了不幸的事情。亞紀的母親惠，跳樓自殺了。而惠的丈夫懷疑妻子外遇，深陷亞紀並非親骨肉的妄想中……

五、《獨眼猴》（二〇〇七年二月）

有一天，某家樂器製作公司委託「我」經營的偵探社，找出敵對公司盜用設計的證據。「我」的生財工具是「我」的耳朵，因為「我」有異於常人的特異功能，所以總是帶著大型耳機。為了確認敵對公司的動靜，深夜，「我」爬上隔壁大樓屋頂，卻意外偷聽到公司內發生的殺人事件……

六、《所羅門之犬》（二〇〇七年八月）

四名大學生聚集在咖啡廳角落，外面下著傾盆大雨，他們正在討論前幾天發生的、令人心情沉重的某起「意外」。這次聚會為了確認「他們當中是否有殺人犯」，在四人眼前發生了副教授的十歲兒子被車子撞死的意外。原因是少年飼養的狗，突然衝向站在馬路對面的他們，才釀成了這起悲劇。究竟是他們其中的哪一個，讓狗採取了攻擊性行動？

七、《鼠男》（二〇〇八年一月）

主人翁姬川亮有著一段不堪回首的過去。父親罹患腦癌在家療養之際，小學三年級的姊姊竟在自家庭院死亡。警方研判姊姊是不小心從二樓摔死的。然而在姊姊死後不久，父親也過世了。父親臨終前，在病床上告訴年幼的姬川猶如詛咒般的話語：「我做了正確的事。」過了二十三年，姬川的女友似乎懷了別人的骨肉，姬川打算和父親一樣，做出「正確的事」……

八、《烏鴉的拇指》（講談社・二〇〇八年七月）第一四〇屆（二〇〇八年度下半期）直木獎入圍作／第六十二屆（二〇〇九年）日本推理作家協會獎長篇及短篇連作集部門得獎作

詐欺師竹先生過去曾被一名男子樋口所率領的高利貸業者強迫參與討債行動，但是因為某個契機，竹將樋口一幫人出賣給警方。七年之後，刑期服滿出獄的樋口再次將魔掌伸向了竹。察覺到危險的竹，為了躲避樋口而四處搬家，在逃命的過程中認識了一群新的伙伴。他們決定向樋口一幫人設下驚天動地的大騙局……

九、**《鬼的足音》（角川書店·二〇〇九年一月）短篇集**

十、**《龍神之雨》（新潮社·二〇〇九年五月）**

〈短篇小說〉

道尾曾經在二〇〇五年四月號的《小說新潮》月刊發表過真備系列的短篇〈流星的製作方法〉，本作曾入圍第五十九屆（二〇〇六年）日本推理作家協會獎短篇部門。二〇〇九年一月出版首部短篇集《鬼的足音》，未收錄上述短篇。

作者簡介／佳多山大地

一九七二年出生於大阪，畢業於學習院大學文學部。文藝評論家，花園大學文學部兼任講師。一九九四年以〈明智小五郎的黃昏〉入圍第一屆創元推理評論獎佳作，開始在各媒體發表推理小說評論。第五十一屆日本推理作家協會獎「評論及其他部門」得獎作《本格推理小說的現在》執筆者之一。著作有《推理小說評論革命》（鷹城宏合著）等，並在競作短篇集發表首部短篇小說〈河邊有屍體的風景〉。

（!）

序曲

「說老實話，我今天很難過，真不想搭電梯。」

「我了解，社長。只是這裡畢竟是五十樓，也不能走樓梯下去呀。」

「電梯來了，社長您請，常董您也請——」

50

「……十五年了啊。日子過得真快，我年紀也大了……」

49

「……怎麼會，社長您還很年輕呢，對吧，野際……」

48

「……今後我們還得仰賴社長您繼續帶領我們打拚呢……」

47

「……那孩子如果還活著，今天也三十五歲了……」

46

「……如果少爺還在人世的話，現在應該已經繼承社長您的工作，成為優秀的領導人了……」

45

「……當時我跟常董都非常惋惜……」

44

「……沒想到這座電梯居然……我到現在都還無法置信……」

43

「……那起意外是我們公司商品的第一起意外，也是最後一起……」

42

「……沒想到我們公司的電梯會出那種事情……」

41

「……為什麼安全裝置沒有啓動呢……」

40

「……那明顯是人為疏失，然而事到如今也無法查證了……」

39

「……意外的責任歸屬，到最後也不了了之……」

38

「……想要大事化小的我也有責任，當時無論如何也不能讓事情鬧大……」

37

「……因為是在自家公司的自家電梯裡發生的意外……」

36

「……而且當時公司正積極擴展事業版圖……」

35

「……他一定很害怕吧，從最頂樓掉落到最下面……」

34

「……據說從五十樓進電梯後就馬上發生意外了……」

33

「……少爺也只是想參觀自己未來的工作場所罷了……」

32

「……到今天我還是會夢到那孩子，不時從夢裡驚醒……」

31

「……我沒有孩子，但是我能理解您的心情……」

30

「我在這裡下。」

「社長，您還要工作？」

「我想整理一下文件。」

「好的，那我們就先告辭了。」

「工作到這麼晚，你們也辛苦了……啊啊，對了。」

「怎麼了？」

「你們最近有沒有聽說關於這座電梯的詭異傳聞？」
「傳聞？我沒聽說啊……野際你呢？」
「沒有，我也沒聽說。社長，是怎樣的傳聞呢？」
「這座電梯……聽說有那個出沒。」
「那個出沒……您是說那個？」
「沒錯，聽說電梯裡會不知不覺多出一個年輕男人。」
「年輕男人……」
「那個男人感覺跟那孩子很像。正好二十歲出頭……而且，那孩子當時也留著長髮吧？」
「是啊，剛好到肩膀……」
「聽說電梯裡會不知不覺出現一個那樣的年輕男人。」
「唔……放出這樣的流言，對故人、對社長也未免太不尊敬了。」
「沒錯，一定要立即查明是誰在造謠。」
「哇哈哈……無妨。這不也證明了還有員工記得那孩子嗎？」
「也許是，但……」
「如果真的出來的話……我會很高興。」
「我也是啊，沒想到十五年後還能見到少爺，對吧，野際？」
「那是當然啊，我也很高興。」

「如果遇到那孩子，我要向他道歉。」

「為什麼？那是意外啊。我是很不想講這種話，但是只要是機械，就有發生意外的機率，那是無可奈何的事呀。」

「話是沒錯……但是，我總覺得是我殺了他。我跟我創立的這家公司聯手殺了他。」

「請別這麼説，社長。」

「是啊，為了您死去的公子，讓我們一起讓這家公司更加茁壯吧。」

「還要更加茁壯嗎……」

「有一天，要讓全日本的大樓裡使用的都是我們公司的電梯。」

「那一天不遠了，光這個月我們就接到了三張大訂單。」

「但是，我已經不年輕了，接下來可能就要看你們兩個了。」

「這一點請您放心。」

「我們一定會實現社長您的夢想。」

「謝謝，那就拜託你們了……。我先走一步，你們辛苦了。」

「社長您也辛苦了。」

「社長您辛苦了。」

「要是你們在電梯裡遇見他，就幫我雙手合十吧。」

「在這麼大深夜裡的，社長您別説這種話……」

「害怕嗎？」

「不是，也不是說害怕……也對，要是真能遇上，我們也會向他道歉的。」

「你們沒必要跟他道歉吧？」

「啊？呃……是，您說的對。」

「哈哈哈哈，不需要那麼驚恐，根本不會有什麼幽靈。人啊，死了就死了。好了，我先走了。」

「您辛苦了。」

「社長慢走。」

30

「社長也真是的……他是什麼意思啊？真讓人毛骨悚然。何必在這樣的夜裡，露出那種憂鬱的表情說這些呢。不過他那張臉原本就是那副表情。」

29

「跟我們兩個在電梯裡講這些，雖說是偶然，但也夠恐怖的了。但是我看社長他自己並沒察覺吧。」

28

「可是野際，怎麼會有這種討厭的傳聞呢？我連聽都沒聽過呀。究竟是誰散布電梯裡有幽靈的謠言呢？」

27

「我也是第一次聽説。我看是那些愛亂嚼舌根的年輕社員半開玩笑説的吧，沒必要在意。」

26

「得趕快找出那些傢伙處理掉才行，那種人只會讓公司損失更多……不過，倒是好久沒人提起社長兒子了。」

25

「那是因為社長本身也很少提起少爺的關係吧。對那種身心俱疲的老人而言，那應該是很痛苦的回憶。」

24

「不過，野際你會怎麼辦？事隔十五年了，要是現在真的在電梯裡遇見社長兒子的話。」

23

「我嘛……我倒想好好跟他道謝，謝謝他那麼簡單就被幹掉。」

22

「其實社長兒子也算是我們的恩人。他死了，我跟你才能有今天的地位。」

21

「是啊，當年社長正打算把所有重要的工作都交給兒子呢，他根本是個什麼都不懂的毛頭小子。」

20

「他一定要在畢業前消失，這也是為了公司好。」

19

「不過我有點擔心，常董你不覺得剛才社長的樣子有點怪怪的嗎？」

18

「我不覺得啊。那個男人從以前就有點怪怪的，不是嗎？」

17

「說的也是，很難猜測他的心思。咦，您怎麼了？」

16

「沒有，沒什麼，沒事……咦？這……」

15

「常董，怎麼了？你臉色不太好耶。」

14

「噓，先別說話……很怪，感覺很怪……」

13

「怪？嗯，你這一講，還真的跟平常不太一樣。」

12

「你不覺得晃得很厲害嗎？這也搖晃得太誇張了。」

11

「而且風聲很大耶。」

10

「喂，好快，下降的速度好快！」

9

「在往下掉耶！常董，我們在往下掉！」

8

「可惡，那個老頭！」

7

「常董，快按緊急停止裝置！」

6

「沒反應啊，停不下來。」

5

「我不想死！」

4

「我也不想啊！」3

「我不想死啊！」2

「哇……」1

（!）

第一章

別走進那個箱子
如果走進去
你就再也分不清上下左右了
如果你不在乎的話
好吧　那你就按下按鈕呀

——Sundowner "They Love That Box"

(1)

「——然後呢?」

從左右耳拉下iPod的耳機,姬川亮抬頭問。

別的樂團剛好結束練習,從後面的小房間喧譁地走了出來。三個男生、一個女生,大概還是高中生吧。個頭矮小的短髮少女沒拿樂器盒,也沒拿鼓棒,看來是主唱。年輕人異口同聲地對櫃檯說再見後,走過圍在等待區桌旁的姬川他們身邊,帶著樂團練習結束後特有的暢快情緒,消失在門外。

「什麼然後?」越過桌子探出身來,一直等待著姬川感想的竹內耕太臉上已經看不到剛才那種興奮的表情了。

「你打算拿這個做什麼?」姬川說著將iPod放在桌上,推還給竹內。

「在這次演唱會的曲子前播放啊,在〈Toys in the Attic〉之前。」

〈Toys in the Attic〉收錄在史密斯飛船(Aerosmith)一九七五年發行的專輯裡,是硬式搖滾的名曲,這專輯讓他們在一夜之間聞名全美。一九七五年是姬川他們出生的那一年，對組團時還是高中生的他們來說，對這首歌有種青澀的共鳴感，他們決定每次表演的最後，一定要演奏這首歌。這個儀式在他們都踏入社會工作、對練習及演唱會也已產生惰性的現在，仍舊持續著。

「為什麼要放？」

「我不是說了嘛——」

竹內邊說，邊對著坐在旁邊的谷尾瑛士苦笑。谷尾也是一副相同的表情，從大衣口袋拿出七星。他面前的菸灰缸裡已經有六根七星的菸蒂。三十分鐘就抽了六根。谷尾從事的是坐辦公室的事務工作，可是他的皮膚黝黑，該不會是被體內散發出來的尼古丁染黑的吧？姬川已經認識谷尾十四年，看他抽菸也看了十四年，這個念頭卻在這時才浮現。

「算了，別人在講話時你老是神遊，我也不是第一天認識你。」

竹內的視線回到臉色白皙、五官整齊、與谷尾恰成對照的姬川臉上。他們已經認識十四年了，三個人是高中同學，今年都三十歲了。

「我再簡單說明一次。那首曲子副歌部分的合唱是"Toys in the attic"，對吧？我要將那個部分改成"Thing in the attic"來唱，然後在唱這首歌之前，先放剛才你聽到的這段〈Thing in the Elevator〉。」

「完全聽不懂。」姬川老實說。

剛才姬川聽到的那一串對話就是〈Thing in the Elevator〉，那是竹內的「作品」。他常在家裡使用ＭＴＲ創作這類作品，拿來給樂團成員姬川及谷尾聽。ＭＴＲ即Multi Track Recorder，是一種多重錄音的機器，可以個別收音至多個音軌，再同時播放。譬如個別收錄鼓、貝斯、吉他、歌聲，然後同時播放，就能達到樂團演奏的效果。這是原始的用法，竹內本來也是為了這麼做才買了ＭＴＲ，只是不知道從何時起，他透過這個機器找到了另一種樂趣，也就是創作「作品」。

剛才聽到的是竹內使用聲音變換器改變聲音，一人分飾三角的作品。每段對話之間都用英文數字倒數，而且速度愈來愈快。最後那句聽不太懂，不過應該是社長死去的兒子就站在電梯裡吧。

「我來說明吧，竹內講話那麼快，亮怎麼可能聽得懂。」

谷尾吐著煙笑了笑，將菸灰彈進桌上的菸灰缸。

「首先，亮，我想你應該不懂“Thing in the attic”的意思，對吧？」

「不懂。閣樓的東西……不是這個意思嗎？」

「直譯是這樣沒錯。其實這是恐怖劇和懸疑劇的主題之一。某處的某個地方隱藏著某種東西，這就是故事的重點所在。不見得一定要躲在閣樓——總之就是**某個地方**潛藏著**某種東西**的意思。」

「就像《黑色星期五》（*Friday the 13th*）之類嗎？」

聽到姬川這麼問，谷尾笑咪咪地直點頭說「對對對對」。

「那部電影的故事也屬於這個主題，而竹內創作的〈Thing in the Elevator〉也是一樣。所以竹內才想把“Toys in the attic”這句歌詞改成“Thing in the attic”，在演奏這首歌之前放自己的作品。」

「但是——」

是可以理解，但是……

「為什麼要這麼做？」

「為什麼……？因為……」

谷尾叼著菸想了想，然後看著竹內問：

「為什麼？」

「只是覺得滿酷的。“Toys in the attic”跟“Thing in the attic”感覺很像，所以才有了這個點子。我只是覺得如果把副歌的“toys”改成“thing”應該很有趣，又剛好想起最近創作的這個〈Thing in the Elevator〉，如果在演奏之前播放的話，可以營造氣氛，也可以當作歌曲的前奏，最後3、2、1，然後就開始演奏。」

竹內氣勢十足地做出握麥克風的動作。谷尾點頭表示了解，不過他顯然覺得竹內的創作動機低於他的期待。

姬川似乎在沉思，他先沉默了幾秒鐘後才說：

「我覺得還是不要比較好吧？“thing”這個字的發音對副歌的開頭而言，會減弱聲音的震撼力，再說，光改那裡的歌詞，前後的意思根本連貫不上。」

「那首歌的歌詞本來就沒什麼意思吧？」

竹內依然是那副拿麥克風的姿勢，快速地唱起〈Toys in the Attic〉的歌詞。

竹內從高中開始就唱英文歌，因此發音很好。姬川一直覺得他應該要上大學，正式學習英語，然後從事英語會話能派得上用場的工作。竹內並不笨，他父親現在還是一線翻譯家，母親是大學講師，他應該很聰明，而且家裡也供得起他念書，實際上她姊姊現在正在神奈川縣當精神科醫師，然而弟弟竹內卻讓家人失望，也無視替他準備好的學費，高中畢業後便決定不再升學，成了飛特族（註）。

然後一直到現在。

Toys in the attic

Toys in the attic

不過對姬川而言，他自己所走的人生路也沒好到能夠批評別人。高中畢業後的十二年以來，他只是一味地頂著不在行的笑臉，每天周旋於餐飲店的經營者之間，推銷自家公司

註：日本新興的工作族群，不追求正式全職工作，而是在時薪打工間跳來跳去。

的火腿及香腸。他每件襯衫的領口全都深深滲入污垢，而且也不知道是不是因為老是被上司斥責，感覺背好像駝得更嚴重了。其實他很想上大學，然而對單親家庭而言，念大學負荷實在太重。正因為如此，他才覺得竹內這樣過日子很可惜。

「還是算了吧。」就在最後一句歌詞唱完時，姬川說話了：「我希望那首歌還是能照往常的方式唱，畢竟我們十四年來都是這樣，高中時代的校慶、定期演唱會、畢業之後在『好男人』的表演都是啊。」

「好男人」是一家Live House，位於大宮車站附近，姬川他們每年會在那裡舉辦兩次小型演唱會。

「嗯……話是沒錯啦……」

竹內不滿地嘟著嘴，望著桌上的iPod好一陣子，最後，他輕哼了一聲點點頭。

「知道了，那就不放了。」

每次在演唱會之前，竹內總會提出一堆有的沒的點子，不過大多像這次一樣，被姬川或谷尾無情駁回。

谷尾將菸摁熄在菸灰缸裡，說：

「你的新作品就在演唱會開始前，透過觀眾席的喇叭播放吧，完全不見天日也太可惜了，這次的作品我覺得還滿有趣的唷。」

「不了，敬謝不敏。」

竹內輕輕搖了搖頭。演唱會開始前的會場十分嘈雜，他自己也很清楚幾乎沒人會仔細聆聽喇叭播放的「作品」。特別是姬川他們這個樂團根本就是陪襯性的口水歌樂團，會來聽演唱會的幾乎都是團員的友人或是友人的友人。通常在演唱會開始之前大家都忙著聊天，根本不會注意到會場播放什麼。

「不過，竹內，聲音變換器還真厲害耶，可以變成完全不同的聲音——啊！可惡，菸居然斷了。」谷尾往七星的菸盒裡看了看，接著一把揉爛了盒子。

「那是當然啊，我那臺跟坊間隨便買得到的廉價聲音變換器等級可是大不同的。」竹內得意地笑了起來。「不僅可以變換聲調的高低，還能轉換成別人的聲音，就連變成女人的聲音也沒問題哦。」

「你可別拿來犯罪啊，最近聽說有人利用那種機器一人分飾兩角，組成紙上公司呢。」

「我對那才沒興趣哩，我可不想被你老爸抓。」

谷尾的父親隸屬都內管轄的警署，是現任刑警。也許是受到父親的影響，谷尾看東西的眼光和待人處事的態度都有點像刑警。不認識的人在犯罪現場看到他，一定會以為他不是犯人就是刑警。然而他並不具備這兩種身分，他只是東京都內某商社的總務主任。

「野際大哥，有菸嗎？七星。」

谷尾探頭問櫃檯那邊。在看起來很寒酸的櫃檯裡，這家樂團練習中心的經營者野際回答：「有啊。」野際的頭髮已經半白，看起來乾乾扁扁的，姬川他們組成樂團當時就已經認識野際了。

「賣我，一盒就夠了。」

谷尾拿著錢包站起來。櫃檯邊，野際與谷尾一邊買賣七星，一邊低聲談笑著，似乎在講算數的事情。

姬川不自覺地伸手撈來自己立在牆邊的吉他，以指尖撥撥六弦，沒接上音箱的電吉他傳來嗡嗡的輕微聲響。彷彿是自己這群人的聲音。姬川心想。

「不過她還真慢，再五分鐘就要進練習室了耶。」

竹內看了下手表說。已經下午三點五十五分了，他們租了練團用的小房間，四點開始計費。

「亮，她有沒有打到你的手機？鼓手沒來，沒辦法開始練習喲。」

姬川拿出手機確認，但沒有收到簡訊或未接來電。

姬川他們組成模仿史密斯飛船的樂團「Sundowner」，是在高一的夏天。當時的隨身聽還是只能播放錄音帶的機型，個頭瘦高的竹內老是帶著耳機，哼著史密斯飛船的樂曲，在校園內漫步，而姬川和谷尾也喜歡史密斯飛船，於是主動接近竹內。姬川彈吉他，谷尾有三把貝斯，竹內沒碰過弦樂器，也自認沒有敲鼓的體力，不過他能夠以原Key唱所有史密斯飛船的歌曲。他們立刻決定組一個樂團。

——那鼓手怎麼辦？

當時的谷尾只是高一生，卻留著一臉鬍碴。

——同學中應該找得到會打的吧。

白皙的臉龐加上清爽的淺褐色頭髮是竹內的正字標記。

——到管樂社去瞧瞧吧，拉那裡的鼓手入團也是個方法。

也許那是姬川第一次交到堪稱為朋友的人吧。小學時，家裡發生的那起不幸的事情，讓姬川似乎始終抗拒著與人交往。

——你們要組團嗎？

來搭訕的是同為一年級生的小野木光。不過當時他們三人都不知道她的名字，姬川、谷尾、竹內與光不同班。光有著一頭烏黑秀髮，沒有化妝，制服的裙子也沒有特別短，然而被搭訕的三人卻同時驚為天人。

光非常漂亮。

——我會打史密斯飛船的鼓。

就這樣，他們很快便組成了四人樂團，之後以一週一次的頻率，到光的朋友經營的樂團練習中心練習史密斯飛船的歌曲。那位「朋友」就是野際，而「樂團練習中心」就是這家「電吉他手」。

姬川對自己的吉他演奏還滿有自信。他將史密斯飛船原本雙吉他的歌曲，漂亮地改編成以單把吉他就能彈奏。也因此，他很擔心其他團員的能力。不過，當他們第一次在「電吉他手」的練習室裡合奏時，他先前的擔心全都煙消雲散。竹內漂亮地唱出史提夫．泰勒（Steven Tyler）的高音，谷尾則是加入了即興的擊弦，展現自己的技巧，而最讓姬川驚豔的是光的演奏。她雙腳用力踩著自己帶來的雙踏，敲打著大鼓，有條不紊地控制著銅鈸，並在敲打小鼓時加入緩急，營造出絕妙的節奏感；至於她在旋律間奏時加入的獨奏，也是以幾乎看不到打擊棒的神速，一口氣從最左邊的鼓敲打到最右邊的鼓。

第一次練習時，當演奏完事先說好的史密斯飛船的代表作〈Walk This Way〉之後，姬川覺得他將會非常熱中於接下來的高中生涯。從竹內與谷尾兩人臉上的**微笑**，不難看出他們也有相同的心情。只有光在曲子結束後仍舊一臉嚴肅地調整鈸的位置，看不出她有什麼想法，後來一問，才知道她也覺得不賴。

——我不笑的時候看起來面無表情。

姬川還記得她面無表情地這麼說。

想出「Sundowner」這個團名的是谷尾。當那張庸俗的臉龐提議出這麼裝腔作勢的英文團名時，姬川跟竹內都很訝異，連光都稍微瞪大了眼睛。

——昨天上英文課時我隨便翻著課本，剛好看到這個字。

教室的一角，谷尾以大拇指摩挲著臉上的鬍碴，一臉嚴肅地對著姬川他們說。

——「Sundowner」不是那個嗎？就是「支配音樂的人」的意思吧？

所以正好適合當樂團名，谷尾似乎是這麼想。聽到他的說明，姬川幾個人同時沉默了。然後在接下來的瞬間，又全都爆笑出聲。谷尾嚇了一大跳，突出下顎問道：

——不好嗎？不適合當樂團名稱嗎？

簡單來說，由「日落=sundown」衍生出來的「sundowner」，意思是「日落時喝的飲料」，谷尾將其唸成「soundowner」，再自行推論出「支配音樂的人」的意思。

竹內苦笑著，連點了好幾次頭，拍拍谷尾的肩膀。

——好吧，就叫這個名字，決定是Sundowner了。

姬川和光也贊成。不論他的想法是怎麼來的，做為樂團名感覺還不錯。谷尾搞不懂他們三個人在笑什麼，臉上始終是不可思議的表情，還不停說覺得Soundowner聽起來比較好。

接下來的十二年，Sundowner的團員不曾變動。他們總是聚集在「電吉他手」持續練習，定期在文化祭或是Live House表演。他們也曾創作過幾首歌曲，由姬川和谷尾寫曲，竹內填詞。不過雖說是自創曲，卻是連自己也會苦笑，完全沒有獨創性，只要聽過史密斯飛船的人都聽得出來有抄襲之嫌的作品。只有竹內填的詞，姬川覺得還不錯，他似乎很不好意思唱日文，因此總是以英文填詞。竹內所謂的「只是將想到的字眼排列出來而已」的歌詞總是有許多抽象的詞彙，無法實際掌握意思，然而卻有種奇妙的魅力，姬川並不討厭。

高中時代後半，Sundowner的演唱會已經變成一半演唱史密斯飛船的歌，一半演唱自創曲。即使後來大家都出社會了，Sundowner仍舊繼續練習，只是減少次數，不過還是一年會在「好男人」舉辦兩次現場演唱。

不過兩年前，打鼓的人換了。

(2)

「亮，你跟光不結婚嗎？」

谷尾拿著一包新的七星從櫃檯走回來。

「幹嘛突然這麼問？」

「不是，剛才野際大哥在說，你們也該結婚了，要不然光也那個了吧。」

「哪個？」

「年紀啊，」谷尾一邊說，一邊往圓椅子坐下。「光也快三十了吧？我也覺得你們如果想生孩子的話，就別再拖比較好。」

「我沒有拖。」

姬川老實回答。谷尾叼著菸，微微蹙眉。竹內的興趣似乎被挑起來了，從旁插嘴道：

「有什麼問題嗎？該不會是家人的問題吧？」

姬川不知道該如何回答。竹內的提問就某方面來說正中紅心，不過那個紅心卻不是竹內所想的那樣。

「問題果然還是出在光的父親身上嗎？」

「並不是那樣……」

姬川與光在高二的春天開始交往。姬川到現在仍只有過光一個女人，他相信自己也是光的初戀。谷尾、竹內，還有從小就認識光的野際都認為兩人會就這麼結婚。

光的父母在她念國中的時候離異，母親因此離家，光由身為爵士鼓手的父親撫養長大。父親只教導女兒打鼓，並不干涉她的私生活，自己則是到處交女朋友，和女人同居，幾乎不回家。聽說光現在根本不知道父親人在哪裡。野際是她父親的舊識，不過他也不知道光的父親的下落。

姬川覺得自己和光一定是因為寂寞而互相吸引，或者該說是因為傷痕而走在一起，所以他才會喜歡光。

然而現在想想，也許這種吸引其實很危險，因為要是有和光相同境遇的女性出現，難保他不會也同樣受到吸引。

光有個妹妹叫做桂。

——我想放棄打鼓了。

兩年前的冬天，光突然說。

——為什麼？

姬川問。然而光只是搖搖頭。

——只是覺得應該放棄。

她這麼回答。

姬川，還有後來聽說這件事的竹內跟谷尾，並沒有強烈反對，原因有兩個。其一是樂團本來就是因為興趣而組成的，其二則是她已準備好接任者。

小野木桂——和光住在一起，小她五歲的妹妹。

現在姬川他們等的並不是光，而是桂。

桂打鼓的天分與姊姊相當，也許更勝於姊姊，姬川他們第一次和桂合奏時，立刻就認可了她的實力。

桂並不是讓人驚豔的美女，相較於如同模特兒假人一樣面容端正的光，桂有張可愛的娃娃臉，她的身材也不像姊姊那麼女性化，個頭比較瘦小。她們的髮形也迥異，姊姊是長髮，而桂則是頂著如同小女孩的短髮。不過她的短髮和她有點神經質的個性、小巧的下巴、瘦削的臉頰很適合。——桂的容貌只有一點和光很像，那就是眼睛。大大的眼睛，彷彿表面覆蓋著一層薄膜，籠罩著濃霧的感覺。也許有點斜視吧，感覺眼神有點恍惚，似乎朦朧抓不到焦距。

「小桂沒來的話，那就請光幫忙一下吧，稍微練習一下應該就能回想起來吧。」

竹內以雙手食指在桌面上叩叩地敲著說。

光從兩年前脫離Sundowner後，就在「電吉他手」這裡打工。在父親的舊識野際身邊工作，也許有機會聯絡上父親，光大概是抱著這樣的想法吧。只是截至目前為止，還沒聽說她的期待成真過。

「光六點才來耶，她今天好像排晚班。」

「什麼，她現在不在？我還以為她人在後面。」

竹內回頭伸長脖子往走廊裡面望去。走廊是L形，轉彎過去是倉庫和員工專用的小辦公室。雖說是員工專用，不過現在和過去的樂團熱潮時代不同，現在利用這類樂團練習中心的玩家銳減，聽說不可能同時間有兩人以上待在那間小辦公室裡。

「晚班的話，她也無法在我們練習完後一起去『舞屋』了。」

竹內一臉無趣地說，姬川也點頭。

「她說她上班到十二點，不可能來得了吧。」

結束在「電吉他手」的練習後，他們會轉往這附近一家叫做舞屋的居酒屋聊天話家常，這也已經是慣例了。如果工作結束的時間配合得上，通常光也會中途加入他們。

Toys in the attic

Toys in the attic

竹內搖晃著頭，又開始輕聲唱起來。

現在回想起來，那房間真像閣樓。——姬川恍惚想起這件事。

自己幼時住的房間；一直到姊姊死去之前，他和姊姊兩個人一起住的兒童房。二樓那間六張榻榻米大的房間。傾斜的天花板、木頭地板、雙層床，還有牆壁上貼的蛋頭憨博弟（Humpty Dumpty）的畫。

——姊姊有沒有跟你說過什麼？

那時候的刑警的聲音。

——譬如家人的事之類的……

他多次詢問當時還是小學一年級的姬川。

——你有沒有隱瞞什麼？

至今他仍清楚記得那起事件，那起讓自己與母親陷入孤獨的事件。

竹內換了歌詞，再度哼起相同的旋律。

Thing in the attic

Thing in the attic

深植在父親腦袋裡的念頭。

盤據在父親腦海的想法。

「還是在演奏之前播放我的作品吧。」竹內彷彿撒嬌的孩子似地搖著谷尾的肩膀。

「不，還是算了，亮剛才說得很對，沒必要為了一個奇怪的點子壞了十四年的傳統。」

「我們哪有什麼傳統？不過是因為興趣而聚在一起吧。」

谷尾和竹內都不知道那起事件，姬川並沒有告訴他們，他也沒對光和桂說過，沒人發現姬川心裡存在著這個黑色漩渦。他們大概認為姬川個性很溫和吧。偶爾會陷入獨自思考的世界裡，一個很安靜的人。

然而，事實並非如此。

姬川沉默的時候，大多想著那起事件。他瞪視著心中那個黑鴉鴉的漩渦，強忍下想要尖叫的衝動。

沒人知道真相。

(3)

「對不起，我來晚了。」

傳來沙啞的聲音，回頭一看，個頭矮小的桂圍著圍巾、穿著羽毛夾克，氣息慌亂地站在門口。看來她是衝進來的，她背後的玻璃雙開門搖晃得很厲害。

「那扇門如果弄壞了，我可是會從妳姊姊的薪水裡扣哦。」

野際在櫃檯內故意這麼說。桂對野際舉手示意，走向姬川他們那張桌子。

「對不起，高崎線發生臥軌事件，電車誤點了。」

「沒事，沒事，反正妳也趕上了。」

坐在椅子上的竹內伸伸懶腰，揮揮手這麼說。

「而且時間剛剛好。」

谷尾看手表確認時間。

桂的呼吸還很慌亂，她將圍巾取下。短髮的髮梢可能因為被圍巾壓到了，翹得亂七八糟。

「電車上擠滿了人，動都動不了。」

從大宮這裡搭高崎線南下前往桂與光的公寓約三十分鐘，誤點時的高崎線北上列車相當擁擠。姬川也搭同一條線，因此他很清楚這一點。

「咦，姊姊呢？」

桂朝著櫃檯和走廊後面張望後，回頭問姬川。

「還沒來，她說她今天晚班。」

桂突然一臉茫然，不過隨即點頭說「這樣啊」。

「好了……嗯嗯。」

谷尾發出像老人家的呻吟聲，抱起裝著貝斯的袋子。

「進練習室吧。野際大哥，那麼我們就從現在開始兩小時嘍。」

「好的，今天是6號室。」

「了解。」

「電吉他手」裡相同設備的練習室共八間，租用是採鐘點制，今天Sundowner從四點租借到六點。

「小桂，妳從車站跑過來的嗎？」

走在微暗走廊時，竹內這麼問。右邊是一整排練習室。桂揮舞著手勢回答，這是她說話時的習慣：

「是啊，我下車時發現就快來不及了。因為昨天那場雨，地面滿是水窪，害我無法直直往前跑，東閃西躲的累死我了。」

是啊，昨晚下過雨，因為已經十二月中旬，還以為也許會變成下雪，不過直到深夜仍只是下著冰冷的雨。

「好不容易跑到『電吉他手』門口，卻差一點踩到螳螂。」

「螳螂？這個季節有螳螂？」

「就在門口前的人行道上。不是有一種綠色的大螳螂嗎？那種……」

「別說了，我以前就對那種大蟲子沒轍——不過小桂，妳跑得這麼累還能打鼓嗎？」

「我比竹內大哥你們都年輕許多，沒問題的。」

桂從掛在牛仔褲腰上的皮革鼓棒袋裡抽出鼓棒，靈巧地以指尖轉著兩根鼓棒。

「你們都過三十了，我才二十多歲。」

「不過，年輕也有許多困擾不是嗎？」

「困擾？」

「譬如在人擠人的高崎線車廂內——」

竹內邊說，邊伸手摸向桂的牛仔褲後頭。在第一時間抓住那隻手的人是谷尾。

「哦哦，不愧是刑警的兒子……」竹內故意很佩服地說。

谷尾無視他的話，放開了手。

四人走到6號練習室前。

桂握著練習室的隔音門把手往前拉。門共有兩道，內側還有一道相同的門。桂一推內側的門，走廊上的空氣便發出聲響，瞬間被吸入漆黑的練習室中。她往右邊牆壁一摸，撥開電燈開關。天花板上的日光燈閃爍了兩、三次後發出白色的光芒，照亮了爵士鼓與馬歇爾音箱（Marshall Amp）。

雖然沒事先說好，不過四人總是在一踏入練習室後，便瞬間沉默下來，開始準備各自的演奏。原本是為了不浪費付錢租借的時間，不過這演奏前的沉默卻讓姬川有種很舒服的緊張感。

等所有人都準備好後，竹內努了努下顎向桂示意。桂一轉鼓棒，開始打起前奏的八拍，接著姬川加入吉他伴奏，隨即是比正式歌手更有架勢的竹內歌聲加入，最後插進谷尾的貝斯。就在開始演奏史密斯飛船〈Walk This Way〉的一瞬間，有種和往常不一樣的感覺——一種周遭的景色從彩色轉變為黑白的奇妙感覺。

是什麼呢？這種感覺。

姬川不解。

然後，彷彿倒帶似地，姬川的腦海中不經意地重現了二十三年前的冬天。

（4）

那個時候。

姬川小學一年級，姊姊塔子三年級。

當時姬川一家人住在浦和市郊外一棟雙層樓的獨棟樓房。姬川家有四個人，姬川、姊姊、母親多惠，以及罹患惡性腦腫瘤的父親宗一郎。

所有的事情都有其原因，而原因裡還扣著另一個原因，就這樣循著因果之河緩緩逆流而上，最後會抵達讓人覺得「就是這個」的起源地。——二十三年前之所以會發生那起事件，也許是起因於父親腦中那些可恨的癌細胞。如果還能有幾十年的生命可活，父親絕對不會做出那種事吧。

姬川直至今日仍然那麼認為。

一發現腫瘤長在很糟糕的地方，而醫生宣告無法切除時，父親選擇回到家裡度過他最後的人生。現在患者可以選擇居家安寧療護，但是當年還沒有這種概念。姬川不記得是否曾經從父親或母親口中聽過這樣的用語，直到父親死後六年，他國中二年級的春天才首次聽到這個詞彙。那是在母親切菜時不小心嚴重切傷中指，被救護車送往醫院時的事情。陪同母親前往醫院的姬川在母親接受治療時，為了打發等待時間，在父親生前曾住過的腦外科大樓裡面閒逛，沒想到在那裡遇見了熟面孔。那是和瘦瘦的白髮醫生一起負責父親的居家醫療、一直陪父親走完人生的男看護卑澤。卑澤也很懷念姬川，還請姬川喝了一杯在大廳自動販賣機買的咖啡。

——亮的父親選擇的是居家安寧療護這種方式。

卑澤和姬川一起喝著咖啡，這麼對他說。

照顧父親走完人生最後一程的卑澤，當時才二十來歲，在醫院的大廳偶遇時，他應該和現在的姬川年紀差不多吧。

——其實我們醫院方面並不是很贊成，因為居家安寧療護無法因應突發狀況。

——那為什麼答應他？

——因為你父親堅持。

為什麼父親這麼要求呢？當時的姬川並不了解父親的心情。

——老實說，那也是我第一次的經驗。

——什麼經驗？

——在患者家裡送患者最後一程。

應該很難熬吧，姬川重新端詳卑澤的臉。

姬川至今仍無法忘記和父親度過的幾個月裡，家裡瀰漫著濃霧般的冰冷空氣。沒有聲音的家。父親位於一樓角落的床鋪。將和室椅放在被褥裡，老是坐著不動的父親。也許是不想讓家人看到剛剃光的頭，父親總是戴著褐色毛帽，眼睛一動也不動地凝視著什麼都沒有的地方。父親就是這樣安靜地等待自己腦中的那顆炸彈爆炸。也許有一天父親會突然跳離被褥，以兩隻瘦弱的腳奮力踩著榻榻米，一臉瘋狂地衝出去吧——姬川的心裡總存著這種不安的想法。

也許是腫瘤壓迫腦部的緣故，父親有時會想嘔吐及嚴重的頭痛。每次看到父親緊閉雙眼，微微顫抖的雙手抓著棉被，喘息著深呼吸的模樣，姬川就很想哭。那時父親開始有輕微的語言障礙，因此就算姬川擔心他、想和他說話，父親也多半以手勢回答。當然偶爾也會出聲，不過有時說出來的話根本沒有意義。熟悉的父親卻說出奇怪的話，讓姬川心生恐懼。

母親疲憊不堪。她的臉龐從那個時候開始劇烈消瘦，肌膚粗糙，然後就再也沒回復。年輕時因為興趣而開始的水彩畫，也因為時間與氣力同時消失，讓她再也拿不起畫筆了。家中處處掛著的雄偉山巒、寧靜的湖、父親年輕時的笑容，都彷彿是母親失去之物的複製品，即使看在年紀尚小的姬川眼中也覺得悲哀。白髮醫生與男看護卑澤總是不安地看著送他們到玄關的母親，小心翼翼地和母親說話。自己不經意說出的話是否會破壞對方心中懷抱的某種希望呢？——兩人的眼眸深處流露出那樣的擔憂。

姬川晚上睡在二樓的兒童房時，會聽到樓下父母親傳來的低沉聲音。那是很寧靜的爭執。兩人說著含糊不清的話，而且持續很長的時間，最後一定只剩下母親虛弱的啜泣聲。睡在雙層床上鋪的姬川不知不覺養成將頭埋在枕頭裡，雙手食指塞著耳朵睡覺的習慣。

姬川到現在對結婚還是只有負面印象，即使看到感情很好的夫妻或和樂融融的家庭，也會覺得在幸福這道牆的背面也許有陷阱。他會想像著無聲的黑色炸彈。姬川心想，也許自己會一輩子就這樣了吧，自己絕對不可能想要和誰結婚或生小孩這些事情的。

在這種讓他煩悶的氣氛當中，唯一還保持開朗的人是姊姊塔子。姊姊常常鑽到父親那充斥藥味的床鋪裡。只有這時候，父親嚴肅的表情會稍微柔和，雙手將姊姊拉到膝蓋上，讓她發出尖叫聲。姊姊爬起來的時候，兩個人的臉幾乎都要貼在一起。姊姊的腦筋甚至動到醫生和卑澤身上，她會拉起那兩人的手嬉鬧。家裡只有在姊姊調皮的時候，才會有短暫的歡笑。

姊姊非常喜歡卑澤，也許是因為他長得很帥，也許是因為他個性很溫和，也許是因為卑澤來訪時偶爾會買小型橡膠玩偶，或是一些先吊足姊姊的胃口再拿出來的小玩意。姊姊稱呼卑澤「ㄅㄟ醫生」，即使母親制止，她還是那麼叫他。姬川長大後才明白這個稱呼是出於「卑醫生」三字，突然有種奇妙的感傷。

姊姊是在她去世的前一天早上提議將兒童房掛上聖誕吊飾。姊姊說，說不定聖誕老公公可以醫治父親的病。當然，她應該只是開玩笑，不過她的眼眸裡的確閃耀著期待的光芒。那種孩子氣的興奮立刻感染了姬川，兩人在二樓寒冷的兒童房裡，天馬行空地想著如何裝飾。他們盤腿坐在木地板上，從抽屜抽出色紙，以剪刀剪成細長型，接著再用透明膠水黏成環，讓它們顏色交替串在一起後，姊弟倆互相凝視，竊竊地笑著。學校已經放寒假，因此姬川和姊姊在聖誕夜那天就是這麼度過。——現在回想起來，年幼的他們也許想藉此尋求逃生之路。也許是想在充滿白色濃霧的冰冷空氣裡，裝飾點什麼七彩繽紛又能夠帶來溫暖的東西吧。

——明天是星期五，臯醫生應該會一個人來。

姊姊那比姬川細長的手指靈巧地摺著藍色星星。醫生和臯澤一起出診的日子只有星期一，星期三和星期五則是臯澤獨自來照顧父親。醫生通常從醫院搭車來，當臯澤獨自來的時候，他會坐公車來。

——我明天要做很驚人的事情哦，臯醫生一定會被我嚇到。

姊姊好像有什麼計畫，但是她並沒有對姬川說明細節。

——臯醫生快到我們家的時候，你去公車站牌接他，然後回家的時候不要從玄關進來，你帶他沿著外牆走向這間房間，走看得見窗戶的方向哦。

——可是明天我跟同學約好出去玩了耶。

——在臯醫生快來之前回來，一定哦。

姬川還沒答應，姊姊就好像兩人已經約好似地重申，這是姊姊的習慣。大概是看穿姬川每次被拜託就會找理由推拖，總是因為怕麻煩而想逃開的個性吧。

——一定哦。

姊姊是國小三年級生，身材瘦小，但是在浴室看到的胸部已經有點隆起了，在發育上算是早的吧，手腳也比班上同學的長。這樣的姊姊因為擁有祕密而充滿期待，一臉興奮不已，這讓還是小孩子的姬川覺得很怪異，同時有種奇妙的安心感，彷彿一度遠離自己的姊姊，帶著與自己雷同、如同曬過太陽的棉被一樣的味道，回到自己身邊來了。

隔天，姬川和學校幾個同學從中午就待在一個朋友家裡，朋友的父母兩人都出門了，大家說要來舉辦只有小孩的聖誕派對而聚在一起。雖然結果那場派對也只是比平常多一些的人湊在一起打電動玩具而已。或許之後會吃餅乾糖果之類的吧，不過姬川中途就離開朋友家，因此並不知道後續情形。

姬川離開友人家後，在兩點半左右抵達公車站。卑澤總是在三點到家裡，而且一分不差地摁下玄關的門鈴。從家裡走到公車站牌只有五分鐘路程，不過要是那天卑澤搭早一點的公車來的話，姬川就無法按照姊姊的指示，將卑澤帶往兒童房的窗戶那邊。姬川不想惹姊姊生氣，因此很早就在公車站等卑澤。

那是一個有點起風、特別寒冷的日子。不知道為什麼，他到現在還記得自己當天走在行人很少、彷彿結冰的灰色人行道上，一邊玩弄著洋芋片空袋子的情景。

早上姬川要出門去朋友家時，姊姊在二樓的兒童房拿電池和細電線不知道在做什麼。父親在一樓的和室，像往常一樣坐在被褥裡的和室椅上，凝視著虛空。母親瘦弱的身影出現在廚房，只見她埋頭餐桌，很罕見地似乎在畫畫——後來姬川才知道那是要送給姊姊的聖誕禮物。

卑澤在兩點五十五分左右下了公車。姬川沒戴手表，所以無法實際確認時間，不過後來他從警方和父母親的談話中，得知他們走到家裡的時候正好三點。

——不要從玄關進去哦。

看到自己家的時候，姬川對卑澤說。卑澤端正的臉龐和藹可親地笑了。

——可是不從玄關進去，就無法走到你父親那裡呀。

——晚點再進去，現在還不行。

不知道姊姊要做什麼的姬川只能這麼說明。

——好啊，我知道了，我會照你說的做。

卑澤沒有追問下去，也許他預料到因為是聖誕節，所以孩子們設了什麼驚喜吧。

兩人並肩往家門方向走去，然後姬川帶著卑澤往兒童房的窗戶所在的左手邊走。

那個時候，母親的聲音在旁邊響起。

——卑澤先生，辛苦你了。

母親好像剛買東西回來，一手提著紙袋。姬川從紙袋上的畫材店標誌，猜測母親去買了畫框。他想那個紙袋裡面一定放著母親購買的畫框，以及她今天在廚房畫的畫吧。母親每次去買畫框時，都會將畫一起帶去，好像不這麼做就無法選到搭配畫的畫框。父親生病之前，姬川也陪母親去過幾次畫材店。今天母親畫了什麼呢？姬川心想，等一下要請母親讓他看看過了這麼久之後，母親重新執筆的那張畫。

母親瘦小的下巴埋在圍巾裡，不可思議地望著走在一起的姬川與卑澤。

——亮來公車站接我。

察覺母親的疑問，卑澤這麼說明。

——好像有什麼驚人的計畫。對吧，亮？

雖然卑澤徵求他的同意，然而完全不知道計畫內容的姬川也只能曖昧地點頭。

——走吧，快點來這邊。

姬川拉著卑澤的手，催促他沿著外牆往家的左邊走。不過那個時候，突然聽到背後母親倒抽一口氣，姬川回頭想看怎麼了，發現母親呆站在油漆剝落的黑色大門前，筆直凝視著某一點。

——沒關係嗎……？

母親往門內側問。

姬川折回母親身旁。站在玄關前的是穿著睡衣的父親。他好像是從庭院那邊走過來的，光著腳丫子穿的拖鞋前端沾了少許的泥土。父親戴著褐色毛線帽的臉龐，在太陽底下看起來蒼白到恐怖，應該是因為太久沒曬太陽的緣故吧。雖然醫生和卑澤勸他盡可能外出散步，然而父親卻堅持不肯離開床鋪，食量也愈來愈小，那個時候他的臉和身體如同覆蓋了一層霜雪的枯木。這副模樣的父親佇立在吹拂著乾燥冬風的玄關，雙手如同兩塊布般垂在身體兩側，乾裂的嘴唇微微顫抖著。

他凹陷的雙眼像搖晃的相機鏡頭，依序迅速捕捉到母親、姬川與卑澤。

——你出來庭院散步嗎？

卑澤帶著些許愉悅的聲音靠近父親。

——出來散步是好事，不過一開始還是先拿枴杖會比較好，因為你躺在床上也好一陣子了。

枴杖是幾個禮拜前，母親因卑澤的建議買回來的，就插在玄關的傘架上，不過一次也沒用過。

——你穿那樣會冷。

母親脫下自己的大衣，走近父親。她站在卑澤的另一側，輕輕將大衣披在父親肩上。父親筆直往前看，彷彿努力思考什麼似地，毫無反應。

庭院裡有什麼呢？姬川很在意父親身後的庭院，父親一定看到那兒的什麼了。——當時的姬川完全忘了和姊姊的約定——要帶著卑澤從圍牆外面走到兒童房下方。姬川穿過三人身旁，想走向庭院。然而就在這時，父親的右手突然以難以想像的力道抓住姬川的手臂，姬川嚇了一跳仰望父親。當時父親的臉色蒼白，就像怪異的面具一樣，但臉上的皮膚鬆弛，乾枯的眼球中只有黑眼珠微微顫動著。

——姬川先生，你怎麼了？

卑澤擔心地看著父親，然而父親卻沒有理會他。卑澤微微轉頭望向庭院。這時父親才首次看著卑澤，動作迅速地伸出左手抓住他的袖子。

姬川很害怕，毫無理由卻打從心裡覺得**出事了**。他雙腳發軟，發不出聲音來。就在這個時候，他發現母親倒抽了一口氣，彷彿察覺某件重要的事情。母親看著父親，父親也轉頭望著母親。下一瞬間，響起玻璃掉落地面碎掉的聲響。母親手上裝著畫框的畫材店紙袋掉落。姬川嚇了一跳，正打算說什麼，母親突然衝了出去。

那是非常突然的動作。母親衝進房子的外牆與圍牆之間的狹小通道，她的背影馬上就消失在庭院。接著傳來沙啞的尖叫聲。感覺那是母親的悲鳴——或許那是姬川後來才追加進自己的記憶裡的也說不定。母親在庭院中瘦弱的背影，看上去就像是沙啞的悲鳴，所以姬川才會在腦海留下母親實際上沒有發出過的聲音也說不定。

父親鬆開了原本抓著姬川的手，幾乎在同時姬川也衝了出去。他追著母親往庭院跑去。很久沒有整理的庭院，滿是和他一樣高的枯草，母親就在枯草的中央，跪在地面上，在她身影的另一頭是黑色、白色，和紅色。

黑色是姊姊攤在地面上的頭髮。仰躺著的姊姊雙眼微張，嘴唇緊閉，一動也不動地凝視著冬季的天空。每次一回想起當時的情景，在姬川的記憶中，姊姊的臉一定變成沒有表情的能面（註）。能面上有長長的頭髮往四面八方延伸，孤單地放在庭院正中央。能面就放在紅色的尖銳石頭上。

啊啊啊，啊啊啊，母親發出奇妙的聲音。她的左手伸到姊姊的後腦杓，右手撫著姊姊的臉頰，配合著呼吸聲發出低沉、彷彿機械啟動的聲音。啊啊啊。啊啊啊。啊啊啊。母親白色運動衫的袖子染成鮮紅。

——塔子？

背後傳來卑澤的聲音，姬川一回頭，只見卑澤迎面衝向姊姊的身旁，跌跌撞撞地撲倒在地，語氣嚴厲地對母親說：

——不要動她，放開她。

母親繼續發出那種聲音，癱坐在地，蠕動般地往後退。這時候姬川才看到姊姊的全身。淡黃色的長袖襯衫和格子裙。早上姬川離開兒童房時，姊姊就是這副打扮。姊姊的裙子前面整個翻起來，白色內褲和細長的腳都露在外面。

卑澤朝姊姊的身體伸出手，觸摸她沒有血色的臉。他的嘴唇靠近姊姊的耳朵，又以手指壓壓她的脖子，翻開她的眼皮。

——叫救護車。

卑澤扶起姊姊的身體，這麼對母親說。他的聲音幾乎發不出來，口吻比剛才緩慢，彷彿說著言不由衷的話。姬川靠近姊姊，原本以為卑澤會生氣，然而他什麼也沒說。

姊姊顯然已經死了。姬川那是第一次看到屍體，不過他很清楚，倒在自己腳邊的那具身軀和到今天早上為止和自己生活在一起的姊姊的身體，有根本上的不同。然而就算如此，姬川的心裡還不覺得姊姊之死就等於是和姊姊永別了。姬川俯視著姊姊的臉好一陣子，接著慢慢移動自己的視線，他也不知道為什麼自己會看向姊姊襯衫的胸部部位。人都已經死了，那裡卻還是微微隆起，姬川莫名地覺得不可思議。

他抬頭看著簷廊，母親穿過那兒走進室內打電話叫救護車，所以窗框上有像刷子刷過的紅色痕跡。客廳的電話應該也染紅了吧，姬川心想。

——我明天要做很驚人的事情哦，卑醫生一定會被我嚇到。

姬川突然想到，這該不會就是姊姊的計畫吧？不過他馬上知道不可能。姬川抬頭看向二樓的窗戶。

姊姊的屍體正上方正好是兒童房的窗戶，那扇窗開得大大的。窗外的屋簷上掛著許多沒看過的東西。那是什麼呢？感覺就像垂掛著項鍊。後來姬川到二樓去看，才發現那是配有插座的五顆電燈泡。插座的電線全都接在一起，電線的一頭以膠帶黏著單一的乾電池。也就是說，只要把另一頭接上電池的另一邊，並排的五顆電燈泡就會發光。這個時候姬川終於知道姊姊的計畫了。她想讓自己最喜歡的卑澤從外面看到這五道美麗的光線。

註：能面：日本傳統戲劇「能樂」中所使用的面具。

救護車呼嘯而來。穿著白色衣服的大人以忽高忽低的語調交談，最後救護車什麼也沒載就離開了。後來又來了一輛顏色樸素的麵包車，載走了姊姊的遺體。直到很久以後姬川才知道，救護車不載屍體，當時他並不知道兩輛車各別的意義，只是覺得不可思議。

警察也來了，一身制服的警察來來回回地在庭院和家中走動。中途又加入了兩個男人，其中一個是身材壯碩的年輕刑警，名字叫隈島。隈島問了父母親一些問題，也詳細詢問了卑澤事情的始末。

——我本來想到庭院去散步，結果發現塔子冰冷地躺在那裡……

父親似乎在姬川他們快要回到家前發現姊姊的屍體。父親說，下午一點左右，母親出門購物，家裡只有父親和姊姊兩個人。

——夫人出門時，塔子人在哪裡呢？

——在我的、棉被旁。

彷彿腦腫瘤已經消失似地，父親說出來的話很清楚。

——塔子何時回二樓的呢？

——她沒多久就上去了。我突然想休息，一閉上眼睛，塔子就離開我的棉被回兒童房去……

姬川當時並沒有發現父親說謊，隈島應該也是。

——塔子摔落庭院時，你曾聽到聲響嗎？

父親沉默地搖搖頭。隈島沉重地點頭。

——的確，從和室也許聽不見吧。

父親睡覺的和室與發現姊姊遺體的庭院，正好是反方向。

——我三點前下床的。

父親好像正好在那個時間，打算聽從醫生及卑澤長久以來的建議，下床散散步。

——然後在玄關穿上拖鞋，走到庭院嗎？

隈島邊記筆記邊發問。父親緩慢地點頭回答。

——那時我發現了塔子……

向大人問完話後，不知道為什麼，隈島將姬川一個人單獨帶到二樓兒童房。在警員們忙碌作業的一旁，隈島蹲下來配合著姬川的視線高度，簡短地提出問題：

——姊姊有沒有跟你說過什麼？

他的問題太過簡短，姬川根本不知道自己該回答什麼。隈島穩重地又追加說：

——譬如家人的事之類的……

姬川沉默地搖頭，後來又想起來，回答了他：

——姊姊說過希望父親的病能痊癒。

隈島浮現微微失望的表情。

最後他又問了一次。

——你有沒有隱瞞什麼？

姬川這次還是搖頭。

姬川並不是故意說謊，被問到關於家人的事時，他根本不知道對方想問出什麼，不過其實那一天，他看到了一個應該要告訴警方的**東西**。他並不是故意不告訴隈島，而是當時他尚未察覺自己看到的事物象徵的意義。

那是血跡，附著在不該出現的地方，證明姊姊並非單純意外死亡的證據。

姬川是在幾年後才察覺自己看到的血跡隱藏的意義。他在國小畢業典禮前夕的課堂上突然察覺，那一刻，姬川不寒而慄，彷彿冰塊撫摸著背，腦海中清清楚楚浮現隈島向父母解釋姊姊死因時的情景。

——應該是在裝那個聖誕燈飾時，不小心摔下來的吧，塔子在摔下來時頭撞到正下方的石頭。

隈島一臉悲慟。

——要是早一點發現塔子，也許就能救她一命，她並沒有立即死亡。真的很遺憾。

不對。

姬川向記憶中的刑警說出對方不可能聽到的話。

事實並不是那樣。

——請節哀順變。

姊姊並不是意外死亡。

母親是否沒察覺到父親所做的事呢？發現的只有自己嗎？至今姬川仍舊不知道。

姊姊死後沒多久，父親也離開了人世。

姊姊死亡的次日起，父親的病情劇變，意識完全模糊，可能是腫瘤對腦部的壓迫已經超過某種限度了吧。然後在僅僅一個月後，父親在母親與姬川面前靜靜地嚥下最後一口氣。在選擇進行居家安寧療護時就已經決定不進行延命治療（Life-support treatment）了。父親死的時候，身旁有醫生和卑澤等數名看護，但是他們沒有將父親送往醫院，也沒有在父親身上插管子。也許是才剛目擊到姊姊的死，姬川覺得父親的死是很自然的。

父親最後對他說的話，至今仍偶爾在姬川的耳朵深處響起。

——亮。

父親在喪失意識之前，從棉被裡伸出如同枯木的手，喚著姬川。那個時候和室椅已經被撤到旁邊，父親直接躺在床上，但頭上那頂褐色的毛線帽並沒有脫下來。

姬川的臉一靠近，父親便張開毫無血色的嘴唇，想要說些什麼。父親的嘴唇脫皮，剝裂得很嚴重。姬川凝視著父親嘴唇一開一闔，覺得彷彿只有那裡是別的生物。

父親拉著姬川的手，想拉他靠近。這時姬川終於發現父親想單獨告訴自己些什麼，便將耳朵靠近父親的嘴巴。父親沙啞地對他說。

——我做了正確的事。

然後就喪失意識了。

父親瘦弱的身體火葬時，母親問姬川父親當時說了些什麼。姬川搖搖頭，回答說沒聽清楚。雖然他不知道父親那句話的意思，不過他總覺得這麼回答是自己與父親的約定。

現在，姬川已經明白父親的意思了。然而他無論如何都不覺得父親所做的事是對的，反倒是一想起父親的行為，憤怒的火就在心底劇烈燃燒。要是父親還活著，他一定會盡可能用想得到的所有詞彙反駁父親吧，一定會大聲判父親的罪吧。

(5)

在「好男人」的演唱會預定於兩星期後的十二月二十五號舉辦。因為只剩下這週和次週的星期天兩次能夠練習，練習室裡的團員都特別起勁。練習完所有歌曲之後，再練一次高難度的歌曲，接著從所有的歌曲裡面挑出在意的部分重點練習，等到全部都結束，已經花了整整兩小時了。

「時間到了。」

谷尾看了看手表。

「好，走吧。」

竹內關掉麥克風的電源後說，他白皙的臉龐上布滿了汗水。

他們和老闆野際是熟識，而且聽說接下來的時段預約還沒滿，時間稍微超過一點應該沒什麼關係，然而谷尾的個性比較一板一眼，因此Sundowner的練習總是準時結束。

團員各自將樂器及音效器、接頭類的東西收拾好，離開練習室。走出雙重門時，姬川正好和桂撞在一起。桂輕笑一聲，從姬川旁邊走過，先行出了門。穿著T恤的她散發出的體香拂過姬川的鼻尖。姬川又想起死去的姊姊。和姊姊一起到外面玩的時候，姊姊是不是也散發出這種味道呢？

「姊，辛苦了。」

從練習室出來走廊時，正好看到光從右邊的辦公室出來。桂輕輕舉手，光以同樣的動作回應，不過她看起來比妹妹慵懶許多。

「桂，沒出錯吧？」

「我沒有，不過竹內大哥又忘詞了。」

「那是做效果，效果。」

團員們談笑著，各自彎過走廊轉角離開，只剩姬川和光留著。

兩人之間有幾秒的沉默。

「妳今天到十二點吧？」

「對，從現在開始六小時。」
「沒問題嗎？」
聽姬川這麼說，光一時不知道他在問什麼，不過隨即點點頭，右手摸著自己的腹部。
「沒問題。」
接著她抬頭說：
「我今天打電話去預約了。」
「約什麼時候？」
「下下星期一。你幫我簽同意書就好，我帶來了。」
光看向身後的辦公室。
「我跟妳一起去醫院。」
「我自己去就好了，星期一你不是要上班嗎？」
「我可以請假。」
「不用了。」
語氣出乎意料地強烈。
姬川低頭看著地板點頭。
「──好吧。」
兩人走進辦公室，姬川拿起樂團練習中心的公用原子筆，在光攤在老舊傳真機旁的同意書上簽名。他沒有隨身攜帶印章的習慣，不過只要在蓋章處簽上自己的姓，然後圈起來就可以了，光在醫院確認過。

「費用多少？」

「錢你不用管，我的身體，錢我自己出。」

姬川的心底突然湧起一股溫熱的東西。他壓抑那份感情，沉著聲音回應：

「我來出。多少錢？」

「可是……」

「多少？」

光避開姬川的視線，似乎不再堅持了，她說出手術所需的費用。姬川在腦海中的一角記住那個金額。

「我要去收拾練習室了。」

她將姬川簽好的同意書塞進桌上的皮包裡，隨即離開辦公室，走進剛才姬川他們用過的6號練習室。

確定懷孕時，光並沒有提出結婚的事。

——總之我想趕快拿掉。

除此之外，她什麼也沒說。

回到等待區時，谷尾正在櫃檯結帳。他轉頭看向姬川說：

「亮，你的部分待會兒到舞屋再給我就好了。」

「好，謝啦。」

每次練習後一定會去的舞屋，就在從這裡往車站的反方向步行約五分鐘的地方。

谷尾、竹內、姬川、桂——四人走出「電吉他手」大門。冬日的太陽已經完全西沉，單線道的馬路對面，洗衣店裝飾的聖誕燈飾閃耀著熱鬧的光芒。

「啊！」突然發出微弱聲音的是桂。

「牠還在這裡啊。」

桂看著地面低喃。

「電吉他手」的LED招牌燈從背後投射出斷斷續續的光線，姬川四人的影子閃亮地倒映在積著水窪的昏暗人行道上。距離那四道影子不遠處，有一個綠色物體靜止著，那是一隻龐大的螳螂。

「不會就是妳跑來這裡時差點踩到的那隻吧？」竹內彎身看著螳螂。

「我想應該是。牠不會一直都沒動吧？」

「如果是的話，牠還真走運，沒被踩——」竹內說到一半突然閉嘴。「這是什麼……」

姬川他們也望向螳螂。

螳螂的身旁——潮溼漆黑的柏油路上，有個細長的黑色物體蠕動著。約十五公分長，看起來像一條線。那物體彷彿蚯蚓一樣蠕動。姬川無法理解那個東西為什麼會動，因為牠看起來完全不像生物。沒有腳、沒有臉、也沒有模樣。

谷尾好像發現什麼似地說：

「喂，後面，螳螂的後面……」

他的話才說到一半就變成呻吟。姬川的視線從奇妙生物轉向螳螂。三角形的臉、綠色的翅膀、正好約小指大小的大肚子。肚子的前端……有個黑色物體，那是和地面的蠕動物一模一樣的東西，正打算從肚子爬出來。剛開始，姬川以為是螳螂的糞便，然而很明顯不是。那個東西在動，彎彎曲曲地扭動著，從螳螂的腹部爬出來，一公分、兩公分地爬出來，簡直如同搖著頭一樣地蠕動著。

「怎麼了？難得看你們聚集在店門口。」

野際從背後靠近。他不可思議地瞄了姬川他們一眼，接著也瞄向地面。

「嗯……這是線形蟲（horsehair worm）吧。」

野際那瘦骨嶙峋的臉龐皺成一團，嘆息般地說道。

「線形蟲？」

竹內一臉快要吐地反問。

「寄生蟲啦，」野際說：「那是一種寄生在螳螂體內的蟲，原本棲息在水裡，幼蟲會寄生在水生昆蟲體內。螳螂吃了昆蟲後，線形蟲就藉此得以在螳螂體內生長，不過啊，這隻也太大了吧。」

野際眨著雙眼，靠近地面觀察。螳螂虛弱地歪著三角形的脖子，微微舉起左右鐮刀形的前肢。

「小時候我常常抓來玩，線形蟲原本是棲息在水中的，只要將螳螂的腹部浸在水中，牠就會爬出來。這裡剛好有水窪，所以牠才會爬出來吧。看牠被養得肥滋滋……這隻螳螂活不成了。」

——我今天打電話去預約了。

姬川耳裡響起剛才光說話的聲音。

「會死嗎？」

桂一臉鐵青地問，而野際則是悠哉地點頭說：

「會死啊。」

——你幫我簽同意書就好。

「螳螂的肚子大概已經被吃得精光了吧。」

——我自己去就好了，你不是要上班嗎？

「真過分，隨便跑進別人的肚子裡。」

Thing in the attic

Thing in the attic
Thing in the attic

彷彿音響的音量一口氣調高，周圍同時響起聲音。
所有人瞪大雙眼凝視著姬川。姬川依序迎上四個人的視線，然後再度望向地面。姬川的彷麂皮短靴底下只看得到三角形的臉，螳螂已經被踩扁了。姬川輕輕抬起腳。被踩扁的綠色螳螂。牠的旁邊，線形蟲的身體還有一端在蠕動著。姬川朝著牠再踩了一腳。啊啊啊，四個人發出比剛才微弱的呻吟。
「亮，你……你做什麼啊？」
竹內的臉頰痙攣著。姬川挺起胸膛。
「因為很可憐。螳螂很可憐。」
姬川只這麼說，將鞋底踩進水窪裡刮一刮後，便邁開腳步走上人行道。其他團員隔著一小段距離跟在他後面。
所有人都沉默著。
姬川回想。
自己很小心避孕，一次都沒有遺漏。
一次也沒有。

今天去「電吉他手」之前，姬川跑了趟圖書館，調查他非常想知道的事情。百科全書的生殖醫學相關章節上，有他想要的情報。

以保險套避孕的成功率是百分之九十五，厚厚的百科全書一角上這麼寫著。那麼，剩下的百分之五呢？完全找不到相關說明。

保險套破損。就物理上只能這麼解釋。

然而，真的是這樣嗎？百分之九十五這個數據是經過怎樣的調查計算出來的呢？姬川不知道。可能只是單純的問卷調查吧，除此之外應該沒有別的調查方法。這麼一來——或許百分之五顯示的是人類的欺瞞或是背叛的數據？姬川不由自主地這麼認為。這樣的念頭一浮上腦海，就無法抑制。光的臉龐在腦海中醜陋地扭曲著。姬川無法壓抑心底滾熱的感情沸騰。

「姬川大哥，你怎麼了？」

桂從背後追了上來，與姬川並肩走著。歐式餐廳的燈箱招牌照耀著她擔憂的臉龐，白皙的額頭在昏暗的景色中特別明顯。

自己沒有說話的資格吧，姬川心想。

不管事實如何，自己都無法責備光。因為從兩年前起，每次抱她的時候，緊閉的眼簾裡浮現的總是桂的臉龐，這樣的自己沒有資格責備光。

(6)

「對喔，這次的演唱會正好遇上聖誕節，演唱會前播放鬼故事，還滿應景的耶。」

在舞屋的和室裡，谷尾喝著摻水的燒酒，邊拿出竹內的〈Thing in the Elevator〉來講。

「在日本，怪談一定是在夏天時講，但是在英國，幽靈故事卻是在冬天才應景，特別是聖誕節，怪談最受歡迎了。」

儘管從外表看不出來，但谷尾其實很愛看書，也許是受他父親職業的影響，他看的多半是推理小說，不過其他範疇的書讀得也不少。

「這樣啊。」桂咬著炭烤雞肉串回應。「對喔，《小氣財神》（*A Christmas Carol*）裡的故事也是發生在聖誕節吧。」

「當然啊。」谷尾故意粗魯地回答，轉頭看著竹內說：「你本來就相信那方面的東西嗎？幽靈之類的。」

「算是相信吧，如果是腦海中的幽靈的話。」

「那是什麼啊？」

「精神性的幽靈。」

姬川發現竹內說話時，嘴角突然往上揚，心想他大概又要講些什麼難懂的事情了。竹內有個大他很多歲的姊姊在神奈川縣平塚市的大學醫院擔任精神科醫師，他受姊姊的影響，從以前就很喜歡講些心理學、精神醫學之類的深奧理論。

「『看』及『聽』這類的行為，很容易受到『文脈效果』的影響。所謂文脈效果，指的是人類在認知事物的過程中，因為前後的刺激而導致認知的結果出現變化的現象。譬如說——」

竹內從牛仔褲後面的口袋拿出歌詞的小抄，向桂借了支原子筆，開始在紙的背面畫起圖來。筆觸相當熟練。

「這是著名的『鼠人』的圖，你們看最旁邊的兩個。」

左右兩旁的谷尾和桂探頭看圖，面前的姬川也伸長了脖子。

「動物這一排的圖看起來像老鼠，但是人臉這一排的圖看起來卻像大叔，事實上那兩張圖應該幾乎一模一樣才是。」

「原來如此。」

「真的耶。」谷尾和桂同時點頭。竹內以原子筆後端啪地敲著紙面繼續說：

「也就是說，如果是這種幽靈的話，那麼是存在的。『說不定會有幽靈哦』——因

為這麼想而害怕不已的人，腦海中就真的會出現幽靈。會將黑暗中看到的任何東西，當成蒼白的人臉，將樹葉摩擦的聲響聽成是什麼人的呢喃，就是這麼回事。」

竹內抬起頭看了大家一眼，接著說明：

「文脈效果再加上命名效果，幽靈就會更具體化。」

「什麼是命名效果？」

谷尾認真地問。聊起這些，他完全不覺得厭煩。

「譬如這張圖，如果只單獨看鼠人並且已經認定『這個是老鼠』，只要沒有故意改變看法，不管看幾次都只會覺得是老鼠。反過來說，如果認定『是大叔』，那麼就只會看成是大叔，這就是命名效果。說是老鼠就只會是老鼠，說是大叔就只會是大叔。」

谷尾及桂佩服地頻頻點頭。竹內拿起原子筆指著谷尾說：

「順便一提，你才三十，看起來卻像個大叔。」

谷尾一臉不爽，正打算反駁，桂很認真地搶先說：

「是鬍子的關係吧？那一臉亂冒的鬍碴。你早上如果能刮乾淨些，看起來就會完全不同哦。」

桂說了不該說的話。雖然看起來雜亂，不過谷尾每天早上可都很認真在刮鬍子，只是到了下午就又長出來了。谷尾瞄了桂一眼，以大拇指撫著鬍碴。也許不該這麼責怪他，他個性很勤快的。

「我喜歡這個長度。」

谷尾低聲說道，接著拿起燒酒杯，杯裡的酸梅轉動著。

腦海中的幽靈。

姬川的腦海中也有幽靈。姊姊的幽靈，父親的幽靈。死去的兩個人緊跟著他不放。

「這不是……亮嗎？」

背後有人叫姬川的名字。

「哦哦，果然沒錯。我看到吉他箱，就猜想是你。」

在醉客的喧譁聲中對著姬川微笑的人是隈島。二十三年前——姊姊死的時候，負責那起事件的刑警。不，那不是事件，那只是意外。不論在社會上或在警察內部，都是這麼認定的。

「今天也去練習了嗎？去那間叫『電吉他』……的練習室？」

「是『電吉他手』。沒錯，練習才剛結束不久。」

聽說隈島在十年前離開轄區派出所，調到縣警總部的調查一課。他應該已經接近退休的年紀了吧，原本硬漢的感覺慢慢圓潤，精悍的臉龐也多了些肉——最近臉又瘦下來，但皮膚的鬆弛愈來愈明顯。

那起事件之後，姬川偶爾會和隈島見面。姬川還和母親住在一起時，隈島常常會來家裡拜訪，後來姬川搬出來獨自住之後，隈島偶爾會約他到居酒屋喝酒，也會去聽演唱會，告訴姬川這家便宜又好吃的舞屋的人，也是隈島。

姬川曾在高中時代問過隈島和自己見面的原因。

——就是覺得擔心你。

隈島如此回答。那應該是真心話吧。然而在那句真心話的背後，在某個角落，也許有連隈島本人都沒發覺的想法，姬川這麼認為。

那一天，蹲著緊盯著小學一年級的姬川的隈島的眼睛。

——姊姊有沒有跟你說過什麼？

隈島心裡那淡淡的疑問至今應該還在吧。

——譬如家人的事之類的……

他應該很在意那起事件的真相吧。

姬川並沒有拒絕和隈島見面。事到如今，那起事件已經不可能翻案了，不要有多餘的臆測比較好。

「這次的演唱會我還是會去，下下週對吧？聽阿亮你們的演唱會真的讓我覺得很痛快，非常痛快。」

隈島彎著巨大的上半身，對著其他團員微笑。三個人客氣地點頭回禮。他第一次來聽演唱會的時候，姬川告訴他們隈島是死去父親的朋友。姬川無法啟齒說隈島是刑警，因為團員連那起事件都不知道。

「不過是個模仿的樂團而已。」

姬川苦笑。

「模仿也好，什麼都好，我覺得會玩樂器、會唱歌就很厲害，我大概連日本大鼓都不會打。」

隈島自顧自地用力點頭，和那張大臉完全不配的小眼睛眨呀眨。日本大鼓也不是誰都會打，聽說要打好非常困難，不過姬川沒說什麼。

「今天光小姐沒來啊。」隈島笑著說。

姬川「啊啊」地點頭，不自覺地回頭看其他三人。當他與桂目光相交時，桂有點驚慌，輕輕錯開視線。

「隈島先生還沒下班嗎？」

「怎麼可能，工作中哪能喝酒啊，我今天休假。」

「你休假也穿西裝啊。」

隈島看了看自己困窘的西裝。

「我被派去送上司出差，去了趟成田機場，開著署裡的——」他不動聲色地改口：「開著公司的車跑了一趟。休假也不讓人好好休，我們公司也真是的。」

「真辛苦。——對了，這是演唱會的門票。」

「好，謝謝。」

姬川遞了印有大大的「好男人」字樣的紅色門票給隈島。隈島慎重地接過門票，並從錢包裡抽出兩張千圓鈔。姬川正準備找錢給他時，他大大地揮手制止。

「不用找了。——那麼下下星期見，我很期待哦。」

隈島揮了揮長滿濃毛的手，搖晃著上半身往結帳櫃檯走去。大概是怕講太久會暴露自己的身分吧。

「那個人常來聽我們的演唱會，真是感謝。」谷尾以免洗筷攪爛玻璃杯中的酸梅，露出牙齒笑著說：「他每次都用誇張的動作努力跟上節奏，從舞臺上看他那個樣子真有成就感。」

如果谷尾知道隈島和他父親是同行，不知道會有怎樣的表情？

（7）

——為什麼那個時候要一直追問我呢？

升上國中後，姬川一有機會就問隈島，問他姊姊死的那天，他反覆向姬川提問相同問題的原因。

隈島是不是隱瞞了什麼？

譬如家人的事。

然而每當姬川問起此事，隈島總是曖昧地搖頭，四兩撥千斤地回答：

——我不能告訴你。

姬川很在意。那個時候，隈島到底想從自己身上問出什麼？想要確認什麼？後來總算是不敵姬川的執拗，隈島終於在姬川高三時回答了他的問題。

——其實，你姊姊的遺體有點問題。

——問題？

——那天，你姊姊的遺體被送去解剖，因為醫生手邊沒別的案子，所以立刻進行解剖。然後……發現了某個問題。

但隈島不肯透露是什麼問題，所以姬川的腦海裡浮現各種想像。該不會是姊姊後腦杓的傷口和庭院的石頭形狀不一致？還是發現脖子有繩子的勒痕呢？抑或是……

可是，都不對。

隈島對姬川說的這段話，與姊姊的傷口、死因都沒有任何關係。而且，不無可能是更可怕的事實。姊姊身體的**問題**出現在外表看不到的地方。

簡短說明之後，隈島深深嘆了口氣。

——所以那時候我會問你關於家人的事。我想你跟你姊姊睡在同一個房間，也許察覺到了什麼。

不該問的。

姬川到現在還很後悔。

自己不該問姊姊解剖的結果。

「下週見嘍。」一走進大宮車站站內時，竹內將iPod的耳機塞進耳朵，邊回頭說。

「跟今天一樣四點哦，最後一場練習，所以千萬別遲到，竹內。」谷尾瞪著他說。

竹內輕輕揮揮手，便往野田線月臺方向走去。

大宮車站有新幹線和私鐵，總共八條路線。竹內住的套房位於野田線的中途車站，而谷尾的公寓則是在宇都宮線上。姬川、桂和光住的房子都在高崎線上。所有人從住處到這裡的時間都不超過三十分鐘。所以樂團練習和喝酒聊天，大宮車站是最合適的地方。

「我走了，大家辛苦了。」谷尾輕輕舉手道別。姬川和桂往高崎線月臺方向走去。已經過了晚上十點，車站內擠滿人潮，還參雜著醉客，十分喧鬧。

「說到最後一次練習，我有點緊張耶。」

在往月臺樓梯口的路上，桂舉起手摩擦著額頭說。這是她激動時的怪癖，演唱會當天她的額頭總是被擦成粉紅色。

「緊張也無濟於事，反正我們不過是個模仿的樂團，來聽演唱會的都是認識的人。」

「姬川大哥很愛這麼說耶。」

「什麼？」

「反正是個模仿的樂團。」

聽到桂點出這一點，姬川有些困惑。她這麼一講，自己好像真的常用這種帶貶意的詞彙形容Sundowner。

「有什麼關係呢？模仿也好，抄襲也好，只要自己開心就好啊。」

桂以雙手食指模仿打鼓的動作，最後彈了一下姬川背著的吉他箱。每當她孩子般的臉龐笑起來時，姬川都彷彿看到那張笑臉飄浮在半空中。

一開始，姬川應該也是那樣想的。單純著迷於彈吉他，腦海裡全是樂團的事。當然，現在彈吉他還是很愉快，隨著桂的鼓、谷尾的貝斯、竹內的歌聲，配合著節奏，能讓他忘卻討厭的事情。只是自己已經三十了。很開心地模仿、很痛快地抄襲——每次這麼想時，姬川就會突然覺得很空虛，接著一定會想起姊姊。

小時候——姊姊還在的時候，姬川總是模仿姊姊，只是始終模仿不好。姊姊用起剪刀、色筆、蠟筆都比姬川俐落許多。現在想想，兩人之間相差兩歲，姊姊比較厲害是理所當然的，然而當時的姬川對這個「理所當然」卻很不甘心。看到姊姊靈巧地在圖畫紙上畫出卡通人物，姬川雖也偷偷模仿，但是怎麼畫都不像電視上會動的卡通人物，他很生氣，還曾經不自覺地咬起色筆。母親很會畫畫，說不定母親的才能全都遺傳給姊姊，只留下殘渣給自己吧。姬川覺得很哀傷。

然後，姊姊突然死了。接著父親也死了。

姬川更加瘋狂地模仿姊姊。

因為他想讓母親開心。姊姊和父親去世之後，母親整個人都變了，完全不笑，也不再看姬川的臉。姬川無法忍受母親這樣的變化，因此他比以前更努力模仿姊姊。一定是父親和姊姊的死讓母親無法忍受，他們的消失一定讓母親很痛苦，自己無法模仿父親，但可以模仿姊姊——當時的姬川這麼想。姬川繼續看姊姊喜歡的少女漫畫，然後向母親報告；獨自練習姊姊很會吹的直笛，然後在廚房展現成果。特別是姊姊很會畫畫，所以姬川也在圖畫紙上畫了許多畫，拿給母親看。家、海、警車、奔馳的馬。然而母親還是一樣，對姬川的態度只是愈來愈冷淡。

不知道從何時開始，姬川放棄模仿姊姊，也放棄取悅母親。

至今仍是如此。

「這個借你到演唱會那天。」桂雙手伸到脖子後面，窸窸窣窣不知道在做什麼。「這個有安定心靈的效果哦。」

桂遞出一條圓形的細長皮繩。不，皮繩下方還吊著水滴狀的石頭。清澈的乳白色石頭，非常漂亮。

「這是什麼？」

「月長石。」

「是喔……原來妳會戴這種東西啊。」

姬川還以為她什麼裝飾類的東西都不戴。

「我戴啊，只是不太喜歡露在衣服外面而已。這是我的誕生石，六月的誕生石。」桂將還有點餘溫的月長石放在姬川的掌心上。「戴著這個就不會想多餘的事了哦。」

「多餘的事……」

表現在臉上了嗎？姬川不自覺地別開臉望著前方。

他握著桂的月長石，向她道謝。

「啊，對了，你要把它放在口袋裡，絕對不能掛在脖子上哦。」

「為什麼？」

「為什麼……」桂整理著圍巾，笑了笑。「要是被姊姊看到了，說不定她會誤會，不是嗎？」

「妳是她妹妹耶。」

「這種關係對女人而言沒有意義，幸好我家到目前為止還沒發生過姊妹糾紛就是了。」

桂雙手插在羽毛夾克的口袋裡，抬頭看著上月臺的樓梯說：「今後應該也不會有。」

姬川將月長石項鍊塞進牛仔褲口袋裡，一邊思考對自己而言，多餘的事到底是什麼。

「咦，姬川大哥……人好像很多耶。」

樓梯上方，高崎線的月臺擠滿了大批乘客，站務人員斷斷續續的廣播聲不時傳來。因為人聲嘈雜，聽得不是很清楚，只聽到電車因為臥軌事件而暫停行駛。現在想想，剛才似乎也廣播了幾次，是在講這件事嗎？

「來的時候遇到臥軌自殺，回去的時候也遇到臥軌自殺耶……姬川大哥，怎麼辦？」

「先到月臺上看看再說吧。」

他們並排走上月臺。

「天啊……好恐怖的人潮。」

靠近一看，月臺上的人潮比想像來得擁擠。一名壯碩的上班族男性打算從姬川身旁穿過去，肩膀卻撞上吉他箱，姬川毫不掩飾地嘖了一聲。

「也許去那邊比較好，演唱會前要是將吉他撞壞了，可就糟糕了。」

桂探身出月臺邊緣，指著月臺前端說那邊的人比較少。高崎線依電車的種類不同，車廂的節數也不同，有時候電車會停滿月臺，有時候電車並不會開到月臺的前端。下一班車可能是車廂比較少的電車吧。

姬川護著吉他，和桂兩個人緊貼著往月臺前端走。

「明明是冬天卻滿身大汗耶。」

姬川兩人擠出人潮，終於走到月臺前端。桂脫掉圍巾，讓風從羽毛夾克的領口吹進去。身旁的嘈雜聲音和人潮同時消失，從月臺屋頂的一端望著萬里無雲的夜空，明亮的月色浮現在鐵軌正上方。姬川卸下吉他箱，抬頭望著月亮，桂走到他身旁，抽著鼻子，吐出白色氣息。

桂有點像死去的姊姊。姬川有時會這麼覺得。

當初認識桂的時候，自己之所以強烈受她吸引，也許正是因為這一點。因為她很像年幼時就死去的姊姊。然而每次一這麼想，姬川就會立刻在心裡搖頭。姬川對姊姊的印象早已模糊，姊姊的笑聲、說話聲、有她的生活，都是很久很久以前的事情了。自己一定只是想要找理由解釋自己為何會被光的妹妹桂吸引，才會自行在她與姊姊之間尋找相似點吧。應該只是這樣。

「姊姊跟你說過我為什麼是桂嗎？」

姬川一時聽不懂桂的問題，不過在他反問之前，桂接著說了：

「桂好像是指月亮哦。」

「啊啊——」

看來是在講名字的由來。

「桂本來是傳說生長在月亮上面的樹，不過後來慢慢變成月亮的代名詞，姊姊說桂這個名字是父親取的。」

「這樣啊。」姬川抬頭看看月亮，又回頭看著桂。「但是，為什麼桂是月亮呢？」

「我不是說了嗎，生長在月亮上的樹叫做桂……」

「不是，我不是說那個，我是說妳。妳為什麼是月亮呢？」

「啊啊，」桂笑了起來：「因為姊姊是光。」

姬川在瞬間彷彿在那雙大大的眼眸裡，看到了月亮，不過那大概只是車站的日光燈或是某大樓窗戶透出的光線而已吧。

「國中的時候，我在理科的課堂上學到月亮發光的原因時，心情不太好，突然覺得自己是姊姊的配角。」

桂再度抽了抽鼻子，呼出白色氣息。

「不過實際上好像也是那樣，就連加入樂團打鼓也是因為姊姊退出的關係。」

「我喜歡桂打鼓的風格，竹內跟谷尾也說我們樂團等於是因為有妳而存在。」

「反正不過是個模仿的樂團罷了。」

桂故意這麼說。

她從掛在牛仔褲腰間的鼓棒袋裡抽出鼓棒，開始有節奏地敲打眼前的空氣。是什麼曲子呢？沒有聲音根本無從猜起。桂打了一陣子看不見的鼓，最後以兩根鼓棒從左邊到右邊流暢地連打後，突然雙手無力地垂在身體兩側，然後整個人轉向姬川說：

「姬川大哥，你喜歡我吧？」

姬川以為桂在開玩笑，然而她的表情非常認真，剛才臉上的微笑已經消失無蹤，雙眼筆直地看著姬川。

「不可以哦。」桂以毫無抑揚頓挫的平板語氣說。

姬川對自己當時下意識的回答非常驚訝：

「為什麼？」

桂的眉頭微微皺起，那是一副悲傷的神情，眼神卻依舊認真。

——螳螂的肚子大概已經被吃得精光了吧。

欺瞞的百分之五。

——真過分，隨便跑進別人的肚子裡。

背叛的百分之五。

姬川在不知不覺中走向桂。他環抱住桂纖細的腰，將她拉向自己。桂沒有抵抗，這讓姬川覺得不可思議。

姬川聞著桂的脖子微微飄散的柔軟體香，突然抬起頭。對面月臺的電車到站了。衝向開啟車門的人群中，姬川發現了熟悉的東西。在許多人頭並排的上端，有個細長的黑色東西。

那是貝斯的袋子。

＊　＊　＊

深夜十二點三十二分。

走進玄關，光按開客廳的照明。客廳後方兩扇並列的門，其中一扇已經關上，桂似乎已經睡了，裡面沒有透出光線。

沖過澡後，光讓沉重的身體躺在房間的床上。她將浴巾丟在床邊桌，裸露著胸部趴在床上，雙手放在頭的兩側。

牆壁上的海報，是燃燒著吉他的吉米．罕醉克斯（Jimi Hendrix）。若是能有些微的月光照射在那張海報上，應該就會像是某種神祕的儀式，一定很漂亮。光總是這麼想。只是這房間的窗戶角度不好，和隔壁桂的房間不一樣，這裡一年到頭都不會有月光透進來。

光在三個月前見到十幾年沒見的父親。

這件事她沒告訴任何人，包括桂，也包括姬川。

野際在偶然的機會下，從年輕時便一起玩音樂的同伴口中聽到光父親的消息，於是幫她和父親取得聯繫。野際打聽到父親現在的地址，出人意料地近，居然就在埼玉市區，坐車的話，距離「電吉他手」只要短短三十分鐘。

——但是小光，妳也可以選擇不要去見他，就這麼算了。

野際當時的態度有點曖昧。

然而光當然非去見他不可。她就是為了尋找父親的下落，才一直在「電吉他手」工作。並非因為野際知道父親在哪裡，而是她期待在這裡工作，或許有一天能和父親取得聯絡。而這一天終於來臨了。

那是一個非常糟糕的父親。光念國中時，他和光的母親離婚後，就一直輪流住在不同的女人家裡，只有偶爾才會回到光和桂身旁。

儘管如此，姊妹倆唯一的親人也只剩下父親。光和桂都非常愛父親，她們的心底總是存在著父親的身影。教導她們打鼓、聽著她們孩子氣的報告，如同朋友般哈哈大笑的父親……重要的事情全都是父親教她們的。如果不這麼想，光和桂就無法支撐自己生活下去。

光拜託野際帶自己到父親的落腳處，野際有點猶豫，但最後他還是不發一語地點頭答應了。

當天，光沒將目的地告訴桂便獨自離開公寓，她打算先和父親見面，掌握父親的現況後，再找機會帶桂去。

接到野際的聯絡後，光和父親約在晚上的公園。

然而，來到公園的並不是她熟識的父親。

從前那彷彿在某處打了一架，總是亂七八糟的頭髮如今飄散著符合社會常識的整髮劑氣味，梳理得整整齊齊，習慣戴在骨感雙手上的三個戒指不見了，取而代之的是左手的無名指上，有個銀色細長的東西閃著光，甚至以手勢代替形容詞的說話方式也全都變了，從頭到尾都帶著來面試般的僵硬微笑。

——我有一個女兒……

說這句話的表情裡帶著些許膽怯。

——下個月要一歲了。

光覺得自己的心被掏空了，但並非心中沉重的負擔全都卸下，而是一個空蕩蕩的巨大負擔不由分說地塞進自己心裡，因為如此，其他的東西全都被丟出去了。

——我們一直很想見你。

光盯著父親的眼睛，靜靜地說。

——我跟桂都很想見你。

——我也是啊。

父親笑著說。那個時候，光在父親眼眸深處看見了小小的算計。父親正在腦海中快速地算計剛才說出來的話帶來的效果，並將算計的結果放在真心之前。那是光第一次在父親的眼裡看到那種令人不快的目光。而且，就在短短的一瞬間，一坨黑色粉末隨風飛舞，不知不覺融入空氣之中，每一顆粉末都不見蹤影。然而在被風吹散之前，光確確實實看到了最初的黑色塊狀。

光覺得自己曾非常珍惜地保存在心底那條細微又細微的線，就在這一刻無聲無息地斷了。十幾年來非常重視、仰慕著父親的這個自己，就這麼輕而易舉地崩毀、消失了。

然後，什麼都沒剩下。

——保重。

光只說了這句話，便轉身離開。父親醜陋地抬起比最後一次見到他時多了點肉的臉，彷彿在公司裡向上司道別似地舉起一隻手。那是下意識的動作。光心裡產生了無數的漫罵與輕視，幾乎快要一一往外爆發了，然而那些東西在來到喉頭時，又瞬間被心底那個巨大的「空洞」悉數吸走，就這麼消失，而那裡殘留的，仍舊還是空洞。

光筆直向前走回漆黑公園裡的小路。周遭的樹叢裡傳來秋天的金龜子鳴叫聲。光想起小學時，父親曾在晚上帶自己和桂去橡樹林抓獨角仙。橡樹林下方的草叢裡，也傳來巨大的蟲叫聲。潮溼的香菇冒出土，空氣裡瀰漫著臭得要命的樹液氣息。漆黑的景色中，他們父女的聲音特別響亮。只要某處的樹葉沙沙作響，光和桂就會交頭接耳地說，也許是熊出現了，故意假裝害怕。父親大概也是故意的吧，他一副大事不妙了的表情看著她們。在月亮低垂的夜裡，幼年回憶彷彿是一幅剪影畫。——直至現在，光仍認為那些樹葉的另一頭潛伏著大熊。她當然知道那裡只是一處被田地與民房包圍的狹小橡樹林，根本不可能有熊。可是只要自己如此認定，那裡就是有隻恐怖的熊，也有著隨著父親短暫冒險，從千鈞一髮中逃出生天的自己和桂。這和斷絕聯絡的父親，一直到實際見面之前的不羈形象很相似。自己不該撥開樹葉，不該看另一頭有什麼。

——好久沒看到線形蟲了。

光想起今天野際從「電吉他手」外頭走進來時的事情。

——線形蟲？

聽到光反問，野際簡單說明了那隻蟲的事情。那是一種像線那樣細的蟲，寄生在螳螂身上，在螳螂的肚子裡長大，最後蠶食那隻螳螂。聽到這個時，光馬上想到自己的肚子。漸漸膨脹的生命。因為想要找回父親，因為這曖昧且恣意的欲望，而孕育在自己體內的生命。再過一週多就會消失的生命。

「妳會著涼哦。」

傳來聲響。一回頭看到桂從門縫看著自己。

「不會的，我會換上睡衣再睡。」

桂無言地走過黑暗中，走進廁所。門上的四角形小窗散發出黃色燈光。

妹妹大概察覺姊姊的月事停了吧。從很早以前，兩人的生理週期就幾乎重疊，聽說一起生活的女生很多都會這樣。

然而桂什麼都沒問。這個舉動讓光安心，卻也有些害怕。

關於自己體內小生命的父親，桂應該不會察覺吧……

(!)

第二章

有老鼠哦
有老鼠哦
不必低頭看腳邊
看那種地方也沒有意義
因為就在你自己的心裡呀
因為就在你自己的心裡呀

——Sundowner “A Rat In Your Head”

1

人不會光憑殺機就成為殺人犯。殺機與殺人之間，還存在著多個偶然。姬川是在第一次抱了桂的一週後領悟到這個道理。

姬川背著吉他箱，從高崎線的電車內眺望著窗外風景。雲層壓得很低。就在低沉的灰色下，高聳的建築物群從視野左邊流逝到右邊。接著彷彿突然想起來似地，高樓群變成綿延的舊民房，接著又突兀地換成擁有廣大停車場的購物中心。搬到高崎線沿線的這二十三年裡，街景也改變了很多。

姬川想起一週前，混在鐵軌另一端的人群中消失的谷尾的黑色貝斯袋。那之後，谷尾並沒有特別打電話給姬川。

沒被看到嗎？

姬川知道谷尾從以前就對桂有好感，雖然本人未曾明確說過，不過谷尾是個不會隱藏心意的男人。姬川和竹內都察覺了，桂應該也知道。

今天要在「電吉他手」跟谷尾和桂見面——不論對誰都平常心以待吧，姬川這麼決定。

那一晚，姬川送桂回到公寓。過去他曾多次走進那道大門，然而這卻是第一次踏入客廳後方桂的房間。沒有什麼裝飾、顏色單調的房間裡，月光透過薄薄的窗簾彷彿撫摸似地照耀著房內的床。桂的床與隔壁光房間裡的床一模一樣。桂不在家時，姬川也會和光在隔壁房間的床上裸裎相見。

桂自始至終不發一語。在電車內也是，從車站走到公寓的路上也是。走進房間，姬川抱緊她的身體時，她還是什麼都沒說。唇也是寧靜的。在緊閉眼眸的黑暗中能感受到她的氣息微微紊亂，那是她無法說出口的抵抗吧，姬川心想。

到此為止吧——姬川這麼決定。

他離開桂的嘴唇，輕輕嘆了口氣，放鬆雙手環繞在她背後的力道，緩緩站開，望著桂的臉。就在這個時候，桂一副小孩子快哭出來時的表情，無力的、出乎意料的變化。下一瞬間，姬川感受到桂的雙手緊緊抱住自己。桂的唇壓上姬川的唇，她的舌頭如同小魚般滑進他的嘴裡。魚在姬川的嘴裡膽怯地扭著身軀逃走了。

——又沒關係。

桂首次開口。她只簡短地說：

——我不在意。

脫掉桂的衣服，每露出一吋肌膚，如同幼童般甜美的體香在姬川的鼻尖愈來愈濃郁。

雖然是姊妹，但兩人的肉體完全不同。在姬川的手指與嘴唇之下，桂纖細的身體非常安靜，偶爾會如同痙攣般全身顫抖，除此之外就彷彿以手心捂住嘴巴一樣，桂完全沒有發出聲音。也許是在和姊姊生活的地方跟姊姊的男人上床的罪惡感，讓她不敢放縱自己吧。只是，桂驚人的溼潤卻背叛了外表的反應。姬川微微張開的眼眸凝視著桂白皙的身體，心裡有種預感。

在進入桂的時候有一種異樣感。

——桂。

姬川不禁望著她。桂以一種認真的笑容抬頭回望著姬川說：

——嚇到你了嗎？

桂這麼說，臉上的笑容蒙上了陰影。姬川的預感靈驗了。

二十五歲的桂還是處女。

隨著姬川的動作，桂露出痛苦的表情，然而她的雙腳卻牢牢纏住姬川的雙腳，雙手也緊抱姬川的雙肩。

——不是精神創傷那種誇張的問題，我只是有點害怕男人的身體，一直裹足不前，就這麼過了二十五歲。

結束之後，桂對姬川坦白。

——小學一年級的時候，我看到父親對母親做奇怪的事，不是在這裡，是在更大的公寓，還是一家四人共同生活的時候。

兩人的身體分開之後，桂說起話來變得有點見外。

——不是有性虐待狂、性受虐狂這種說法嗎？現在想想，父親大概是性虐待狂吧，但是母親一定不是喜歡受虐的那種人，怎麼想都覺得當時母親是真的厭惡，她真的害怕。

某天深夜，桂發現父母寢室的門微微敞開，她從門縫窺探，結果看到赤裸的父親凶猛地攻擊赤裸的母親。

——父親將鉚釘粗皮帶纏在手上，把母親的背部弄得全是傷。不是打或揍，而是慢慢地、一點一點傷害她的感覺。那個時候我覺得父親瘋了，非常非常恐懼，我輕輕離開門邊，悄悄地走回房間。

桂說之後她整個人窩在棉被裡，一直到早上。

——我不敢告訴姊姊這件事，如果她也看到那個情景，一定不會像現在這樣拚命找父親。我想父親跟母親會離婚，可能是出自父親的那種傾向。

然後桂就默然不語了。

透過窗簾照射進來的月光下，床上桂的裸體顯得光滑白皙。除了胸部配合規律的呼吸上下起伏之外，桂一動也不動，連床單上的雙手指尖都文風不動。

狹小的床上，姬川躺在桂身旁很長一段時間。

腦海中空蕩蕩。

——我想姊姊差不多要從音樂練習室回來了吧。

桂轉頭看著枕邊的時鐘。在顯示電子時間的螢光照射下，她還殘留童貞的臉龐發出青白色的光芒。她的雙眼彷彿很疲憊，緩緩地眨了眨。

——我走了。

姬川起身開始穿衣服。

——我們小學的時候……

背後傳來桂的呢喃。

——爸爸買了倉鼠給我們，兩隻母倉鼠，就像我跟姊姊一樣。有一天，就在我們上學的時候，其中一隻死了，被爸爸丟掉了。

——倉鼠的屍體嗎？

——對。不過爸爸趁我們發現之前，又到寵物店買了相似的倉鼠回來，悄悄放進籠子裡。我一直沒發現……

姬川不知道桂為什麼突然說這個。

——後來是什麼時候發現的？

——幾個星期後，爸爸告訴我們的，在他喝醉的時候。

——妳們一定很驚訝吧？

——很驚訝，我很驚訝。

桂盯著時鐘裡電子時間發出來的螢光。她的劉海在青白色的光線中搖盪。

——但是，姊姊似乎早就發現了，從一開始，看到父親放進去的那隻新倉鼠的那一瞬間。她說她跑到公寓樓下的垃圾收集場，翻開廚餘的垃圾袋尋找，結果真的發現倉鼠的屍體。

桂到底想說什麼呢？

——桂……

她突然抬頭說：

——姊姊會察覺的。

桂的眼神似乎在尋求幫助，卻也像抗拒幫助。

姬川啞口無言。他知道自己除了說一些要她別想太多這種聽起來像是辯解的話以外，無話可說，所以他只是沉默地彎身靠向床上，雙唇貼上桂的唇，就這麼靜止了好一會兒。桂的牙關始終頑固地緊咬著。

最後，姬川起身離開桂的床，走出房間。他穿過漆黑的客廳，在玄關穿上短靴，就在他要站起身時，桂的裸體突然從背後撞了上來，然後她放聲大哭。為了不讓姬川回頭，她緊緊抱住姬川的身體，就這麼一直號哭著。

姬川摸了摸牛仔褲的口袋，指尖撫摸著小小月長石的輪廓。是那一天桂借給他的項鍊。

窗外是低沉的灰色天空。

姬川這個星期沒有和光見面。他沒有打電話給光，光也沒有打電話給他。前天，外出談生意的姬川去了一趟銀行，從自己的帳戶裡領出上週光在「電吉他手」說的金額。裝著那些錢的信封目前正對摺收在姬川牛仔褲後面的口袋裡，他打算今天見到光時拿給她。

電車減速，緩緩在大宮的兩站前停車。姬川背著吉他箱，和牽著小孩的父母、學生們錯身而過，下了月臺。時間是下午快三點。今天和往常一樣，樂團向「電吉他手」租練習室的時間是四點，因此還有約一小時的空檔。

姬川通過收票口，走下車站的樓梯。他彎進大馬路旁的小巷，盯著灰色地面往前走，愈往前走，高樓大廈愈來愈少，空地及舊房子多了起來。

姬川的腦海中朦朧地浮現母親的臉龐。

母親那張沒有表情的臉。

姊姊死了，爸爸也走了，媽媽開始不笑了，也不再看姬川的臉，不論是母親講話的時候，或者聽他講話的時候，甚至是不小心切傷自己的中指時，都一樣沒有表情。儘管姬川人就在附近，但是母親任由鮮血沾滿衣服，滴向地板，她只是以右手緊握著切傷的中指，蒼白著臉盯著電話。她沒有向姬川求救，也沒有要他幫忙叫救護車，所以姬川好一陣子都沒察覺母親受傷了。當姬川發現母親癱坐在地板的血跡上時，急忙找出急救箱替母親止血，接著叫救護車，而這段時間中，母親只是緊閉雙唇，盯著手指看。

姬川至今仍記得自己第一次向母親低頭的事情。那是高中二年級的夏天。

我想念大學，入學後我會申請獎學金，也會打工賺取部分學費，所以不夠的部分能不能請妳幫忙一下？姬川向母親請求。然而母親的回答非常簡短：

——我不會在你身上花錢了。

說這句話時，母親仍然沒有看向姬川的臉。

自己究竟做了什麼？什麼都沒做。毀了母親人生的並不是自己，母親應該很清楚這一點。剝奪母親生存希望的人不是自己，不是自己，不是自己……

姬川停下腳步往上看。不知道是不是因為天色暗了，彷彿被時代遺留下來的木造雙層樓建築看起來比往常陰暗。一樓和二樓的走廊上有五道門，門板都已斑駁，而一樓最裡面的那一道門上貼著以麥克筆書寫「姬川」的門牌。

那是姬川以前和母親居住的公寓。沒有買保險的父親去世後，母親無力繼續支付房貸，只好賣掉房子，帶著小學一年級的姬川搬到這間兩房一廳的公寓來，現在則是母親一個人住。

高中畢業時，姬川也搬出了這棟公寓，只是他還是無法拋下母親一個人，所以偶爾會來看看母親。母親不會泡茶請他，也不會端出甜點來招待，不過倒是不曾拒絕他進門，總是默默地開門讓他進去。
然後，一直沉默不語。
一摁下門鈴，如同鬧鐘般的聲音在門的另一邊震天響。
母親像尊石佛坐在破舊的榻榻米上。彷彿幾十年前就被人遺忘的灰色石頭，連表情都遺失的石頭。
總是這樣。
姬川詢問母親近況。母親異常衰老的臉靜靜地凝視著小茶几，緩緩搖頭，那個動作看似回答自己一切如常，也彷彿在說這問題毫無意義。
總是這樣的情形。
母親目光混濁。那是所有的事情都只能以過去式來思考的人的眼神；那是一顆無法修復的人母的心。
房子裡的污濁空氣充斥著水彩的味道。地板上到處散落著母親畫的水彩畫。在草地上奔跑的姊姊、雙手托腮撐在桌上的姊姊、開口大笑的姊姊、頭歪向右邊，認真凝視著什麼的姊姊。姬川的視線總是依序在那些畫上移動，最後會靜止在立在牆邊的畫框上一陣子。玻璃破損的畫框。那個時候的那個畫框。裡面放著一張畫，背景是整面的雪景，聖誕老公公微笑的特寫。有著姊姊的臉的可愛聖誕老公公。那是事故當天，母親在廚房畫的畫，應該就是母親打算送給姊姊的聖誕禮物。

坐了一陣子之後，姬川站起身，小心避開畫，踩著榻榻米打算離開潮溼的客廳。然後，他如同往常地回頭，如同往常地問了相同的問題：

「我做錯什麼了？」

母親仍舊只是搖頭。

姬川走出客廳，穿過短短的走廊，在玄關前的泥土地上穿鞋。他推開緊閉的大門，聽著鉸鏈的嘎吱聲響，大口吸進屋外的空氣，一陣悲哀的解放感湧上心頭。這種毫無意義的對話已經不知道重複多少次了。同樣的場景重複播放。沒有變化的母親，已經不再奢求變化的姬川。

可是，這次不一樣。

——我今天打電話去預約了。

伸手關上背後的公寓大門後，姬川望向冬天昏暗的天空。一股感覺突然襲向姬川，自己似乎會被低沉的雲壓倒。

——你幫我簽同意書就好。

自己的體內突然響起啪的聲響。

——真過分，隨便跑進別人的肚子裡。

他立刻發現那是名為殺意的按鈕開啟的聲響。

2

在選擇居家安寧療護之後，整天只是凝視著和室牆壁的父親有次罕見地對姬川說過類似說教的話。姬川至今仍記得。那是他在父親床邊書架上發現一本畫冊，隨意翻閱時的事情。

——這個好像在找錯一樣喔。

姬川翻到某一頁，回頭對坐在被褥裡的父親說。父親瘦弱、鬆弛的臉龐轉向姬川，彷彿詢問似地蹙眉。姬川將手中的畫冊轉向父親，指著書上的那一頁給父親看。

——這張畫跟這張畫。

當時他當然不知道，不過後來回想起來，那是梵谷的畫冊。父親生前似乎對畫畫有興趣，低矮的木製書架上放了許多油彩畫冊。當時姬川拿給父親看的是介紹模仿梵谷浮世繪的部分，廣重（註）畫的江戶雨景的浮世繪，與梵谷模仿那張畫而描繪的油畫，分別刊載

註：安藤廣重（一七九七—一八五八）：與葛飾北齋同為浮世繪史上最重要的兩大風景畫家，「江戶名勝百景」系列中的〈大橋驟雨〉因梵谷的臨摹而證明了浮世繪對印象畫派的影響。

在左右兩頁。畫的內容應該是大河上的木橋，淋著雨的村民匆忙地在橋上來來去去。

——這個人模仿這個人作畫嗎？

姬川問父親。父親靜靜地搖頭，張開乾裂的嘴對他說：

——是臨摹。

姬川不懂父親在說什麼，本來以為父親是因為生病，說出意義不明的話，不過他隨即便發現是自己不懂「臨摹」這個單字的意思。

——不只是模仿。

父親又說：

——是用心模仿。

姬川沉默地看著父親。雖然不太理解父親說的話，但父親好久沒跟他說話了，再次聽到父親開口，讓他非常高興。

——只要用心模仿，就能理解那個人真正想做的事。

父親只說到這。等姬川回過神來，父親已經再度面向正前方，空虛的雙眼凝視著牆壁上虛無的一點。不知道為什麼，當時父親頭上的褐色毛帽特別醒目，至今仍深刻留在姬川的腦海中。

姬川一踏入「電吉他手」，就看到桂坐在等待區。她穿著羽毛夾克，坐在桌旁的圓椅上，彎著身子不知道在做什麼。姬川對櫃檯裡面的野際點頭打招呼之後，便坐到桂的對面。

桂輕輕抬起頭，眼神朦朧。她好像直到現在才發現姬川來了，眼裡出現一絲訝意。

「妳在做什麼？」

姬川笑問。

「啊，我在調整雙踏，螺絲好像鬆了，所以我剛才從辦公室借了螺絲起子。」

雙踏是以雙腳讓大鼓發出聲音時使用的道具，左右兩個踏板會連動，讓兩個連著的拍打器一起動作著敲打大鼓。如果套鼓有兩個大鼓的話，就不需要這個裝置了，不過「電吉他手」的爵士套鼓只有一個大鼓，大部分的樂團練習中心及Live House的設備都是這樣。

「姊姊在倉庫。」很刻意的冷淡聲音。桂再度低頭轉動螺絲起子，保持這姿勢說：

「上次借你的項鍊能不能還給我？」

姬川沒有回答，只是看著彎著腰的桂的肩膀。

「很抱歉說要借你又向你要回來，但沒有那個，我總覺得心神不寧。」

姬川伸手探向牛仔褲的口袋，一拉出皮繩，就看到乳白色的水滴形墜子在皮繩下方搖晃著。

「放在桌上就好。」

姬川照做，無言地起身離開。

他離開等待區，往練習室並排的走廊走去。今天雖是星期天，但是八間練習室都無人使用，沒有一間燈是亮的，所有房間一片漆黑。姬川在L形轉角處轉彎，走向走廊最後方的倉庫。

在姬川他們開始在「電吉他手」練習之前，這個倉庫據說也是練習室，後來因為樂團練習中心沒有空間可放多餘的音箱及各種器材，便將此處改為倉庫。為了方便將器材搬運到屋外，還在牆壁上改裝出一道鐵捲門，除此之外，這個房間的其他規格都和所有練習室一樣，入口也同樣是雙重隔音門。

姬川站在門口探向倉庫內，透過四角小窗看到光穿著藍色運動服的背影，似乎在做些什麼。

他瞄了瞄手表。下午三點四十二分。

姬川轉動門把，拉開外側的門，接著推開內側門。

「——嚇我一大跳。」

光瞅著眼回頭，表情和剛才的桂簡直一模一樣。

「我該敲門嗎？」

「呃……我只是在想事情。」光低聲說，轉頭背著姬川蹲下身。

她雙手戴著棉紗手套，開始整理散落在地上的接頭線路。

「這裡好冷。」

「動一動就不冷了，所以我關掉了暖氣。」

「今天的工作是整理倉庫？」

姬川環視倉庫內部。地上散落著好幾個接頭、固定拍鈸、強音鈸、小鼓、大鼓，還有陳列在壁邊架上的音效器及調音器。房間後方有三分之一的空間，地板架高了十五公分，這個部分也跟其他練習室一樣。「電吉他手」的練習室裡，只有擺鼓的地方比其他地方高。不過這間倉庫並沒有擺放爵士鼓，而是放了二十臺以上的大中小型音箱，也就是說，那裡是放置音箱的地方。最前面的音箱極巨大，比姬川還高。音箱並列的高臺上方與下方有個金屬坡道，要取用或收拾附腳輪的音箱時就會使用這個可移動式坡道。

放在這裡的大量器材並非完全閒置。「電吉他手」也租借器材給Live House和個人玩家，放在這裡的器材就是供租借用的。

房間的左邊就是那道運送器材專用的出入口，不過現在鐵捲門是拉下來的，直拉到地板。

「是啊。整理倉庫，還有野際大哥叫我順便檢查這些器材的狀態。」

「他幹嘛突然想檢查器材的狀態？」

「好像要賣給業者的樣子。」

「賣掉……？」

姬川不自覺轉頭看著光。

「為什麼要賣？」

「老闆說要關掉這家樂團練習中心。」

光緩慢地整理接頭，隨口回答：

「野際大哥終於也陷入經營困難的局面了。」

如果是在今天之前聽到這件事，姬川大概會大受打擊吧。他們從高中時代就在「電吉他手」練習，在這裡留下了許多青澀的回憶，也有會心一笑的插曲。但不知道是幸還是不幸，現在的姬川對於這突如其來的打擊居然毫無感覺。

「本來就很少人租借器材，練習室的利用率也比去年下滑許多──今天在你們之後的下一組客人是從八點開始，這樣實在經營不下去。」

換句話說，晚上之前所有的練習室都是空著的。

「這樣啊。」

姬川再度環顧倉庫內部。接頭、鈸、調音器、音箱。光依舊蹲在地上，沉默地工作著。

「明天吧？醫院。」姬川從牛仔褲後面的口袋裡取出信封，走向光。「錢我領出來了。」

長髮的髮絲間隱約露出光的側臉。沒有表情、彷彿能面的一張臉。死在庭院裡的姊姊的臉。

「對不起。」

光說這句話時，表情依舊毫無變化。她伸出戴著髒髒棉紗手套的手，從姬川手中接過信封，站起來塞進自己牛仔褲的口袋裡，接著抬起頭直視著姬川。

「我想，我們分手吧。」

那是姬川從以前就在腦海中想像過的話。姬川盯著光彷彿蒙上濃霧的雙眼，開口問：

「為什麼？」

「因為桂。你應該知道，不是嗎？」

「跟她有什麼關係？」

「你很久以前就喜歡上她了，不是嗎？」

光冷冷的口吻讓姬川緊閉雙唇。

「如果是別的女人，也許還能撐著不分手。但是對方是桂，我無法忍受。」

平淡的語調。

「這家樂團練習中心好像也要關了，我跟你也可以完全再見了。我話說在前頭，你別想跟我分手後就可以跟桂怎麼樣，反正桂也沒有那個意思。」

光環抱雙臂，露出些許微笑問姬川。

「對了，那孩子最近好像跟誰**做了**第一次，你有沒有聽說什麼？」

姬川彷彿稍微思考似地沉默一下後，搖了搖頭。不過光似乎視而不見，兀自說了句：

「嚇到了嗎?」

「那種事,妳們同為女人似乎很容易看得出來。用看的就知道,比說的還清楚。」

光不再看姬川,冷冷地說了一句:

「別太為難那孩子。」

從剛才姬川就一直在心底喃喃自語。不知道為什麼,那個聲音非常清楚,彷彿與光的聲音重疊,真的傳進耳裡的感覺。的確,自己一直受到桂的吸引,然後一週前抱了她。只是,光自己呢?從以前,姬川就有很多和桂獨處的機會,兩人都喝了酒的情況也不少,可是即使如此,姬川一次也沒有想要觸摸桂。他知道那是不可以做的事,那是規則。

「不是因為男人嗎?」

「什麼?」

先破壞規則的人不是自己。

「不是因為男人的關係嗎?」

接頭、鈸、調音器、音箱。

音箱。**並排的音箱**。

「分手的原因不是因為你肚裡那個小孩的父親嗎?」

姬川俯視光的下腹部,而那道視線彷彿帶給光疼痛,她的手迅速摸向小腹。

「父親是你。」

光的聲音依然冷淡，毫無抑揚頓挫，這讓姬川更加焦躁。

「別當我是傻瓜。」

姬川靠近光一步。他覺得鼻腔裡彷彿有個熱氣球漸漸膨脹，不斷壓迫著腦神經。一種他不熟悉的情緒，不過似乎是很原始的情感。

——真過分，隨便跑進別人的肚子裡。

「隨便跑進肚子裡……」

「什麼……？」

光的神情終於有了變化。她凝視著姬川，往後退了一步。而姬川彷彿要縮短那個距離，又逼近一步。

「你要做什麼……」

——這隻螳螂活不成了。

「別當我是傻瓜……」

——活不成了。

周圍的景色突然整片刷白，鼻腔裡的熱氣球已經膨脹到瀕臨界限，每一秒都壓迫著姬川的腦部，擠碎、扭曲變形，腦漿彷彿即將從臉的某處爆出來，就像螳螂的噁心內臟被姬川踩扁在溼漉漉的人行道上一樣。

「螳螂……」

那個觸感。

「呃……」

那時候的觸感。

(3)

「哦哦，亮，你在這裡啊。」隔音門被推開，野際瘦骨嶙峋的臉龐探了進來。他環顧倉庫內部，點著頭說道：「看來進行得很順利。」

「野際大哥，你要關了這家樂團練習中心嗎？」

姬川轉身面對野際問道，一邊留心不讓聲音顫抖。野際一下子反應不過來，滿臉困惑地反問：

「是小光告訴你的嗎？」

姬川無言地點頭。野際深呼吸，花時間緩緩吐氣。

「這樣啊……我本來打算晚點再好好跟你們說明的，不過既然你已經聽說了，那也好。」

「我們從高中就深受你照顧，實在覺得很遺憾。」姬川雙手插在牛仔褲的口袋裡說道。

「小光也說了同樣的話。」

「光待在這裡時間比我們還長。原本是客人，後來甚至在這裡工作。」

「抱歉，真的。害小光必須找新工作，你們也必須尋覓新的練習場所。」

「我們從組團至今，還沒在這裡以外的地方練習過，現在要找別的練習室……感覺很怪。」

「大宮車站附近還有一家樂團練習中心，下次告訴你們在哪裡。」

「這裡會營業到什麼時候呢？」

一身襯衫的野際不疾不徐地盤起胳膊。

「到年底吧。」

「那麼，今天是最後一次練習了。」

「哦，是嗎……最後一次啊……」

野際垂下眼角，一臉落寞凝視著地板好一陣子。他不知喃喃自語些什麼，接著突然抬起頭說：

「對了，谷尾跟竹內來了哦。」

野際伸出大拇指比了比身後。

姬川看向手表，還有十分鐘就四點了，於是他走向門口，經過野際身旁，走出練習室。離開前他回頭微笑說：

「晚點見。」

從剛才就呆站在倉庫正中央的光生硬地點了點頭。

回到等待區，竹內和谷尾已經坐在桌旁。桂上身鑽進桌子底下，還在弄她的雙踏。也許是為了儘量避免和姬川視線接觸也說不定。

「嗨，亮。」谷尾抽著七星，舉手向他打招呼。「今天是演唱會前最後一次練習，要錄音哦，竹內帶MTR來了。」

谷尾的神情很平常，一週前在車站的月臺上，他真的什麼都沒看到嗎？

「這東西可重了。」

竹內故意一副強調自己有多辛苦的語氣，邊說邊從大袋子裡取出四角形的機器。這臺搭載40GB的硬碟，可以錄音到八音軌，是竹內自豪的高級機種。演唱會前最後一次練習使用這個機器錄音之後，所有團員一起聆聽已成了慣例，這是為了確認最終演奏的成果。

「不過我們每次都這樣呢，用這個錄音，然後放來聽，只是這麼做就覺得很滿足了。」

竹內說的沒錯，每次都這樣。

「至少可以當作紀念，那不就夠了。」

谷尾邊說邊將菸灰彈在菸灰缸裡。

「紀念……呵呵。」

「你別那種表情，我說這話是有一半認真的哦。」谷尾轉身看著竹內。「你想想，等我們年紀大了，唱不出高音，打不了鼓，壓不住貝斯的低音弦，吉他的推弦也不行了……」

「或許吧，如果真的很老了的話。」

「對吧？所以，要是真有這麼一天，就可以聽帶子代替自己演奏啊，應該還是有那種氣氛吧，畢竟演奏的人是自己。」

「不過，不會覺得空虛嗎？」

「想拿起樂器演奏，卻發現自己已經跟以前大不同才更是空虛。」

谷尾噘起嘴想吹出煙圈，然而一直吹不好，他嘀咕了幾聲，將菸捻熄在菸灰缸裡。

「今天的錄音也許更具有紀念價值哦。」姬川在圓椅子坐下後說道：「這一次似乎是我們最後一次在『電吉他手』的練習了。」

谷尾的手停在菸灰缸上方，竹內回頭，桂也站了起來，看著姬川。

「為什麼是最後一次？」桂問。

「聽說這裡要收起來了。」

姬川將剛才光和野際說的話轉述給三人聽。沒有人開口說出說服野際打消念頭這種不成熟的話，因為大家從很早以前就發現「電吉他手」的狀況不太好。從練習室的使用狀況也可窺見一斑，再者大家都認識野際很久了，曾聽他抱怨過幾次經營狀況。

姬川他們就這樣圍著桌子沉默了好一會兒。谷尾茫然地撥弄菸灰缸裡的菸灰，竹內以指尖敲著膝蓋上的ＭＴＲ，桂則是穿著厚重的羽毛夾克，雙手環抱在胸前，嘟著嘴凝視虛空。自從姬川坐下來之後，她就一直維持著那個姿勢。

「唉，該怎麼說呢，這一行——」

谷尾正打算說些同情的話，野際從倉庫回來了。看到從四個人望向自己的表情，野際知道姬川已經將剛才聽到的事情告訴了團員。他眼神迷濛，淒涼地笑了笑說：

「我今後該怎麼辦才好呢？」他的聲音無助到令人驚訝。姬川四人盯著野際，然而野際的目光卻沒有落在任何一個人臉上。

「要不要開始其他跟音樂有關的生意？因為你有這方面的知識跟人脈。」竹內彷彿想到什麼好點子似地拉高聲量說道。

野際嚇了一跳，望向竹內。他的視線就這樣在空中游移了一陣子，最後眨眨眼，開口回答：

「不可能，已經沒辦法了。」

他緊接著又嘟囔了一次「不可能」。

「是因為資金……方面有狀況嗎？」

谷尾體貼地避開刺耳的字眼，然而只見野際緩緩搖頭。

「野際大哥，提起精神來啊。」桂開朗地安慰他。「之前野際大哥不是說過嗎？人生……人生就像……」

桂張著嘴卻說不下去，她好像忘了野際說過人生就像什麼。姬川也依稀記得曾經從野際口中聽到類似的深奧話語，只是他也想不起來。雖然他們認識很久了，野際給人的印象並不深。

「——就像什麼？」

桂放棄了，她反問野際，而野際只是淺淺地笑了，那輕笑聲聽起來宛如嘆息。

「我也不記得了。」

說完後，野際慢步穿過等待區，往出口方向走去。

「野際大哥，你要去哪裡？」谷尾從座位站起身子問。

「我有點事要出門。你們可以使用練習室了。反正是最後一次，愛用哪一間就進去吧，無所謂。」

野際握著出口大門的門把，突然停下腳步回過頭。他的背影有點駝。

「練習結束後，小光在倉庫。」說完便開門走了出去。

「野際大哥打算我們練團的這兩小時都不回來顧店嗎？」

谷尾挑眉問道。

野際好一陣子不會回來。

「樂團練習中心要收起來，很多事得忙吧，像是處理器材之類的。就算不是樂團練習中心，要關掉自己營業的店，不論是哪一行都有得忙的。」

竹內隨口說出沒什麼內容的話後，直接歪起頭看著谷尾說：

「我們開始吧？」

「雖然還有四分鐘——好吧，開始吧。」

這是谷尾第一次變動練習的開始時間。

「那我先去廁所，谷尾，可以幫我把ＭＴＲ搬進練習室嗎？」竹內沒等回答，便走進櫃檯旁的廁所。

谷尾哼了哼，背起貝斯袋，抱起ＭＴＲ。

「既然有這個機會，我們選『１』好嗎？反正好像也很少用到那間。」

谷尾自顧自地這麼說後，便走出等待區。「１」練習室是走廊第一間，一般練習室通常會從走廊最後面的那間開始出租，因此印象中第一間真的很少租借出去。

姬川抓起吉他箱，站了起來。「桂，我……」

「我得先去還螺絲起子。」

桂彷彿不想聽姬川說話似地轉身離開了，而姬川只能茫然地看著她小小的背影快步消失在走廊上。

廁所裡傳出水流的聲響。

姬川打開「1」練習室的隔音門，走了進去。谷尾正將貝斯的音效器放在地上，他聽到聲響，瞄了姬川一眼，什麼也沒說地再度望向地板。

「搞不好這也是最後一次使用這裡的廁所。」竹內開著玩笑走進練習室。「晚點我再去一次。」

單手拿著雙踏的桂也隨即進來了，她筆直往爵士鼓走去，步伐彷彿在躲避著姬川的視線，然而姬川的目光卻緊跟著她。桂脫下羽毛夾克，裡面穿的是短袖T恤，頸部後面看得到一點點皮繩。

（4）

練習室的左右角落，各設置一個錄音用的麥克風，竹內將兩邊的插頭都接上MTR。

「桂，可以敲一下鈸嗎？」

桂敲了一下強音鈸，確認ＭＴＲ的電子測定器對鈸的聲響起反應後，竹內便按下錄音鍵。

「好了，ＯＫ了。那麼從〈Walk This Way〉開始吧。」

竹內將直立式麥克風架往前移動，向桂示意。桂雙手轉動鼓棒，敲打大鼓，腳踏踏板，開始力道十足的八拍，疊上姬川的吉他重複旋律，然後是竹內的聲音與谷尾的貝斯。

奇妙的曲子。

完全不懂歌詞的意義。即使看了ＣＤ裡附的歌詞翻譯卡，還是不懂。裡面有很多猥褻的單字，但總覺得和英文歌詞不太一致，而且歌詞卡上寫的歌詞和ＣＤ裡唱的也有微妙的不同，連英文不好的姬川都聽得出來。竹內曾向他姊姊的美國籍醫生朋友問過這首歌歌詞的意思，那美國人以似笑非笑的表情看了歌詞卡好久之後，回答他說沒有意義（Nothing）。姬川他們不知道演奏過這首歌多少次了，可能幾十次，說不定有幾百次，就在完全不懂歌詞意義的情況下。

演奏的速度愈來愈快，曲子進入副歌，竹內彷彿咬著麥克風似地大聲吶喊。

Walk this way
Walk this way

姬川彷彿從擴音器的吶喊中聽到父親的聲音。

──我做了正確的事。

父親在死前將姬川喚到枕邊說的話。

──做了正確的事。

沙啞的父親的聲音。

Walk this way

Walk this way

做同樣的事。

跟我做同樣的事。

姬川左手放在琴頸上，右手的彈片畫過琴弦，然而他的目光緊緊鎖住爵士鼓後方的桂。

練習室內互相較勁的高音與低音、乾枯的八拍、吶喊聲。父親的聲音在這樣的狀態下愈來愈響亮。姬川捕捉著桂劉海飛揚的身影，感覺心底某種感情急速沸騰。肋骨內側的心臟劇烈跳動，血流彷彿要勒緊全身似地奔騰，隨著脈動的同時，周遭的景色不斷閃爍。感覺有隻手伸進嘴裡，胡亂攪弄著腦袋。──有辦法嗎？有辦法殺掉光嗎？有辦法在短時間內殺了她嗎？從走廊衝到倉庫，再從走廊衝回這間練習室。

做同樣的事。

同樣的事。

姬川從小就嚮往平凡的人生，幾乎每個朋友的生活都讓他欣羨不已。上小學時、和國中同學走在街上時、高中的運動會上突然環顧四周時，姬川驀地感覺到奇妙的異樣感。彷彿看到世上的日文全都倒過來寫，他覺得生存下去非常困難。生存這件事是難度高到難以想像的課題，自己該以誰為標準呢？誰又能教導自己如何完成這個課題？姬川總是獨自伸出雙手，十指在眼前拚命地摸索、摸索、再摸索……

演奏停了。

桂兩根鼓棒懸空停在不上不下處，直盯著姬川看。她的雙手緩緩地、緩緩地放下，最後無力地垂在身體兩側。鼓棒前端敲到小鼓的邊緣，發出鏘的聲響。

「亮……你還好嗎？」

對著姬川說話的是谷尾，他站在另一側的壁邊，一臉驚訝。竹內也是，他單手握著麥克風，神情怪異地望著姬川。

姬川終於發現是自己彈吉他彈到一半停了下來。

「……沒事。」姬川勉強擠出聲音來。他將吉他從肩上卸下，豎立在牆邊。「我可以去廁所嗎？」

明明是自己的聲音，聽起來卻像是發自他人的嘴裡。

聽到姬川這麼說，其他三人的表情同時緩和了下來。

「大號還是小號？」谷尾無力地問。

「中號嗎？」竹內也說了意思不明的話。

爵士鼓的後方，桂以鼓棒敲著肩膀笑著。

「我先暫停錄音。」

當竹內打算走向放在地板上的ＭＴＲ時，姬川制止他。

「不用了，我馬上回來。」

拉開隔音門的門把，穿過第一道門，推開第二道門，反手關上門，一直微微聽得到的白噪音（註）消失瞬間，走廊的寧靜包裹著他的全身。姬川轉向左手邊等待區的方向，走了幾步後停下腳步，迅速轉身蹲下去，就這麼趴著匍匐前進，經過剛才出來的那道隔音門，爬到透過門上小窗已經看不到他的位置，他才站起來，同時衝了出去。他在L形轉角轉彎，繼續往前跑。一間間通過並排在右手邊的練習室門前，一口氣衝向盡頭處的倉庫。他靠近倉庫的門，從小窗窺探內部。脈搏不停地跳動。姬川緩緩伸出右手，握住門把。

註：白噪音（White noise）是吵雜的沙沙聲，近似電臺ＦＭ頻段空白的聲響。

聽著音箱的白噪音，谷尾凝視著爵士鼓後方的桂。桂茫然地看著剛才姬川走出去的練習室的門。

谷尾發現剛才的演奏中，桂的鼓打得有點亂。應該是因為姬川吧。一週前的那時……

「啊，啊，呃，現在亮去上廁所。」

竹內對著麥克風說。大概打算以後聽MTR的錄音時嘲笑他吧。

「是小號，馬上就回來。」

谷尾不自覺看了看手表。姬川離開練習室差不多一分鐘了。

「對了，小桂，你今天好像特別起勁哦。」

竹內拿掉麥克風，對著臺上說。桂叩叩地敲著兩支鼓棒，笑著回應：

「因為是最後一次練習呀。」

「說的也是，然後就直到演唱會上臺——啊，對哦……妳說的不是這個意思……」

竹內撇起嘴說道。

這家「電吉他手」只營業到年底，今天是最後的練習了。下週的演唱會之後，可能就必須決定下一次的練習場所了。考慮到團員居住的地方，還是在大宮車站附近找練習中心

＊　＊　＊

比較妥當吧，這麼一來，練習後去舞屋天南地北聊天的習慣也能維持下去。

不知不覺中，谷尾的視線再度追著桂的身影。

他想起一週前，大宮車站內對面月臺的光景。姬川和桂並排站在月臺邊，抬頭望著月亮。不知道講了些什麼後，姬川突然向桂伸出手，攬住她的腰。桂並沒有拒絕，那小小的背影出現驚訝的顫動也只有一瞬間。姬川抱著桂好一陣子。谷尾聽著背後電車到站的聲響，一直凝視著眼前的光景。

那次是第一次嗎？還是姬川和桂之間早有關係呢？——他過去也曾在意過那兩個人之間交錯的微妙視線。姬川看著桂，桂微笑回應。那個微笑就像是輕輕反握住在人群中被握住的手那樣的感覺。

谷尾被上車的乘客推來撞去，卻始終盯著鐵軌那頭的兩人。姬川的臉突然靠向桂的臉……谷尾無法忍受，轉身背對兩人。彷彿被人潮淹沒似地被推向車內時，他想起光。

光知道那兩人的關係嗎？

「哦，回來了。」

竹內的聲音讓谷尾回過神。

門上的小窗左側出現姬川的身影，外頭走廊往左走會通往廁所。只見他探頭看向裡面，大概是在確認裡面有沒有在練習吧。演奏時若是不小心一口氣推開兩道門，走廊就會瞬間被巨大音量淹沒。雖然現在整間樂團練習中心裡只有Sundowne的團員和光而已。

「抱歉，久等了。」

姬川走進練習室，抱起擺在牆邊的吉他，將吉他背帶套上肩膀。

谷尾甩開煩人的思緒，笑著對姬川說：

「這麼快。」

「你對時間那麼嚴謹，我當然要動作快一點。」

開著玩笑的姬川額頭上微微冒著汗，看起來一副急忙小解後趕回來的模樣。

「啊，啊，呃，亮小號回來了，重新開始練習了。」

竹內依次看了看團員的臉，確認每個人都準備好了。

「那麼我們再次從〈Walk This Way〉的開頭開始吧。」

只有姬川恍神錯過了一次吉他獨奏的時機，其他團員的演奏都沒有出錯。兩個小時的練習結束後，大家各自收拾樂器和器材，走出練習室。

「稍微超時也沒關係吧？後面沒人預約，野際大哥也不在。」

竹內在走回等待區時這麼說，不過谷尾搖頭說：

「那怎麼行，**公私總要分明**。」

不過那並不是他的真心話，他只是單純地討厭不守時。不知道為什麼，谷尾從以前就一定得按著計畫好的時間行動，否則會覺得很彆扭，是不是因為喜歡閱讀破解不在場證明的推理小說的緣故呢？

「**公私分明啊……**」竹內的嘴角含笑。

谷尾換了個話題：

「光在做什麼呢？要不要叫她過來？」

谷尾說著轉向倉庫方向。

「不，」迅速出聲的人是姬川。「不太好吧？她現在應該很忙。」

「忙？她在做什麼？」

「整理倉庫，好像要檢查所有器材的狀況，聽說要賣給業者。」

「這樣啊。既然在忙，我看不要打擾她比較明智。」

要是忙的時候跟她說話，光的心情就會變得非常差。

谷尾坐在等待區的椅子上，叼了根七星。姬川、竹內、桂也坐了下來。谷尾一邊以打火機點菸，一邊偷覷桂。敲完兩小時的鼓之後，她還是穿著短袖T恤。

「我突然想到……」在一陣沉重的沉默後，姬川突然抬頭說：「……野際大哥沒事吧？」

大家臉色茫然，一時無法理解姬川在講什麼，他接著說了下去：

「我是說野際大哥還沒回來，我怕他會因為要結束營業而有奇怪的念頭。」

「奇怪的念頭？」

竹內反問。

「對野際大哥而言，這家樂團練習中心一直是他的全部，對吧？一個人獨力經營，也沒有結婚，可是這裡只能撐到今年年底……心理上會自暴自棄也不是不可能的吧？」

看到姬川嚴肅的表情，竹內哈地笑了一聲說：

「你該不會在講自殺這類的事情吧？原本就長得像屍體的野際大哥怎麼會自殺。」

真不知道竹內在說什麼。

「不會是最好……不過我還是很擔心，要不要到附近找找看？」

姬川倏地站了起身，輪流看著谷尾和竹內。谷尾覺得姬川的模樣不知怎的有點**做作**，是自己想太多嗎？總覺得姬川的每一句話和每一個動作都別有企圖。

谷尾不知道該如何回應。這時竹內搖了搖手說：

「沒事的啦，不用那麼擔心。」

「我還是擔心，拜託，跟我一起去找吧？在附近找找看就好。」

姬川的眼神很真誠。竹內驚訝地看著姬川，眨了幾次眼後，又瞄了瞄谷尾。谷尾只是露出一臉納悶。

「那麼……走吧。」首先站起來的是桂。「就到附近看看吧，講得連我也擔心起來了。」

「好吧，如果亮堅持的話。」竹內苦笑著站起來。

「——谷尾，你要去嗎？」

「去，反正也沒什麼事。」

谷尾將菸摁熄在菸灰缸裡，百般無奈地站起來。三個人緊跟著已經往大門走去的姬川。姬川正要握住門把時回頭說：

「應該留一個人在這裡，也許野際大哥會回來也說不定。桂，妳能不能留在這裡？」

桂抱著羽毛夾克點頭，走回桌邊。

「演唱會前要是感冒就不好了，記得穿上外套哦。」

姬川對桂說完後，催促谷尾和竹內往外走。冬天短暫的夕陽已經西沉，天空早已暗了下來。馬路另一頭，洗衣店裡的聖誕燈飾還是閃耀得很華麗。

「我找這邊，你們兩個去那邊找找，好嗎？」

姬川出了門後往右邊走了，而谷尾和竹內則是朝左邊走。夜風吹拂在因練習而躁熱的身上，非常舒服。

「谷尾，那傢伙怎麼了？」

竹內雙手插在牛仔褲的口袋裡，散步在人行道上，一臉不解地開口問。從他的表情看來，他並沒打算認真找野際。

「不知道……。亮一直都有些讓人摸不著頭緒的地方。」

「就是啊。如果這下子我們真的發現野際大哥拿著繩子要上吊的話，那他的第六感也太準了。」

「別說這種不吉利的話。」

「為什麼?要是真的發現他正要上吊自殺,那不是很幸運嗎?因為我們可以在千鈞一髮之際救他一命啊。」

竹內靈巧地邊以口哨吹著約翰·藍儂的〈Happy Christmas〉,一邊走在夜晚的小路上。谷尾跟他並肩走著,腦海中從剛才就響著瑪麗亞·凱莉(Mariah Carey)的〈Christmas (Baby Please Come Home)〉。谷尾沒有告訴任何人他買了她所有專輯。

也許該說是預料中的事吧,他們根本沒發現野際。才五分鐘,谷尾已經覺得漫無目的地走在夜路上很蠢了。他偷瞄旁邊的竹內,沒想到他也正看著自己。兩人默不吭聲,同時間停下腳步,接著動作一致地轉身回頭。

「我們也算仁至義盡了吧。」

竹內打著哈欠說。

「是啊,只是陪他找嘛。」

「說不定回去之後就看到野際大哥和平常一樣坐在櫃檯裡。」

「如果是的話,事件就解決了。」

「這哪是什麼事件。」

谷尾和竹內回到「電吉他手」。

「咦，谷尾，小桂不在耶。」

應該待在等待區的小桂卻不見人影。姬川應該還在外面吧，那桂去哪裡了呢？這時谷尾的腦海再度浮現那天的光景。在車站的月臺上環抱著桂的姬川，以及回應著他的桂。姬川該不會只是找個藉口支開自己和竹內吧？他的心裡突然浮現這個可笑的想像。雖然很討厭這樣的自己，但是他還是無法不在意那兩人的事。

「會不會在後面？」

說著他離開了等待區，從練習室並列的昏暗走廊往裡面走，在L形轉角轉彎，果然在走廊最裡面看到桂的身影。她正站在倉庫門口試圖推開門。

「——妳在做什麼？」

谷尾一方面安心自己邪惡的推理錯了，一邊走近桂。只見桂困惑地蹙眉回頭說：

「你們都沒回來，所以我想來找姊姊，可是，嗯，好像，呃，推不開耶，倉庫的門。」

「推不開？」

桂握著的門把是雙層門裡面那道門的門把。外面那道門已經打開了。

桂讓開，谷尾也試著推了推門。真的推不開。雖然門有些微移動，但是內側好像放了什麼重物，擋住了門。倉庫裡似乎沒有放暖氣，門縫裡滲出來的風非常冰冷。

「有東西擋住了。」

這個時候，谷尾終於覺得不太對勁。

「……裡面的燈沒亮。」

倉庫裡並沒有開燈。

「光在裡面？應該不在吧？」

「應該在，因為她不在辦公室，也不在練習室，可是我叫她，她都沒反應。」

「喂！光，妳在裡面做什麼？喂！」

谷尾邊呼喚，邊緩緩推門。門的內側發出聲響，每推一下，都能察覺擋住門的東西微微移動。要不要就這麼用力推開呢？但是以自己一人之力是推不開的，而且擋住內側的東西要是什麼高價的器材，那可就不妙了。

「姊姊會不會在裡面昏倒了？還是有什麼掉下來，砸中她的頭呢？」

「不會吧。」

「你們在演短劇嗎？」

谷尾一回頭就看到竹內的臉近在眼前，嚇了一大跳。

「誰演短劇啊！不是，這道門——」

聽到谷尾說明情況，竹內一副何必大驚小怪似地笑了。

「所以你們覺得光在裡面昏倒了？」

「不是我說的啦，只是門怎麼都推不開，所以我也有點擔心。」

「我來試看看。」竹內說著走到谷尾旁邊，將門往內側推了幾次，接著他回頭笑說：

「谷尾，看不出來你還真膽小耶。」

「我？為什麼？」因為桂在旁邊，所以谷尾口氣有點衝。

竹內以下巴指著門說：

「我是不知道內側有什麼東西，不過並不是多重的東西呀。」

「不，很重。我幾乎推不太動。」

「當然推得動，只是你沒有用力推而已。你一定是心想若是高級器材，那可不妙，所以下意識沒有使出全力。你告訴自己是因為東西很重，所以推不動，這在心理學上叫做『合理化』。」

竹內故意以演講似的口吻說明完後，伸出雙手使勁將門往內推，門發出聲響往內打開一道縫。如果體格纖細的竹內都推得動，的確對谷尾來說應該不是難事。

「可能是因為我剛才先推過，所以多少比較好推了吧？」

「這種說法也是『合理化』的一種。」

竹內說完後奮力一推，將上半身擠進推開後的細長黑暗中。光線從門縫及門上的小窗射進倉庫，因此裡面並非全然漆黑，然而還是無法看清楚內部的情況。

「喂，光。」

沒人回答。竹內伸出右手摸索牆壁內側。啪啪啪，響起撥動電燈開關的聲響，然而燈並沒有亮。

「這裡的燈為什麼不會亮？光，妳在裡面嗎？妳還好嗎？」

竹內走進倉庫，隨即傳來他說「好痛」的聲音，似乎是絆到什麼了，竹內邊輕聲咒罵、邊往裡面走。谷尾和桂也跟著走進來。裡面好冷。昏暗中照映出幾道黑漆漆的器材影子。

「原來你們在這裡啊。」

背後傳來聲音。姬川好像也結束尋找野際的行動回來了。

桂快速說明情況後，姬川開口了：

「燈不亮的話……是不是跳電了？」

「跳電，是啊，很可能。」

「在哪裡呢？有人知道總電源在哪裡嗎？」

谷尾搖頭，不過他馬上意識到對方看不到他的動作，隨即出聲回應「不知道」。竹內接著說：「我也不知道。」

「我去找找看，誰跟我……谷尾，你可以跟我一起去嗎？」

「好。」

四個人在黑暗中摸索也不是辦法，於是谷尾跟著姬川一起走出倉庫。

「總電源應該在辦公室或是櫃檯後面吧。」

「我去櫃檯看看，谷尾你去辦公室找。」

姬川小跑步離開走廊，谷尾則是走進倉庫隔壁的辦公室。

總電源很快就找到了，就在光平常使用的辦公桌上方的牆壁上。裡面有一個大的主開關加上十幾個小開關。開關全都朝上並排著，只有一個朝下。那應該是倉庫的電源吧。谷尾脫下鞋子站上辦公桌，試著把開關往上扳。

「……是吧……」

將開關往上扳的同時，倉庫那邊傳來竹內的聲音，似乎是燈亮了。

「……這個……亂七八糟……」

「……器材的……也說不定……」

「……沒撞到……」

「……跌倒……」

他聽到竹內與桂模模糊糊的話語，只是對話突然中斷，彷彿音響的插頭被拔掉似的，很唐突地斷了。接著隨即傳來竹內的大嗓門，他叫著光的名字。接著傳來桂如同笛聲般的悲鳴。谷尾從辦公桌跳下來，急忙套上鞋子便衝出辦公室。倉庫的門依舊是敞開的，內部明亮，器材雜亂無章地放著，接頭散落一地。竹內回頭說：

「喂，谷尾，光她——」

一臺大型音箱橫倒著，從房間裡那區小高臺朝地板倒著，音箱頂的下方冒出一顆人頭，他們立刻發現那是俯著的光。桂跪在地板上不停地呼喚著姊姊，然而光完全沒反應。桂雙手插進巨大音箱下方，想把姊姊拉出來，竹內也試著幫忙。然而光的頭被夾住，身體完全拉不動。桂從音箱下方抽回自己虛弱的手時，羽毛夾克的袖子已經被染成鮮紅。

「不要動她！」谷尾趕到桂和竹內身旁說：「不可以碰她。」

桂放聲大哭。她的聲音裡混雜著絕望，聽出這個情緒的谷尾不禁顫慄。因為碰到一動也不動的身體時，會這麼痛哭的原因只有一個。谷尾跪在桂身旁，戰戰兢兢地伸手觸摸被拋在地板上的光的手。他以指尖輕輕摸著運動上衣與棉紗手套間的白皙皮膚。

好冰。

「那是……光嗎……？」

背後傳來沙啞的聲音，一回頭，只見姬川瞪大雙眼呆站著。

「是光嗎？」

姬川再次問出同樣的疑問，搖搖晃晃撞著雜亂無章的器材往這邊靠近。

「亮，不行，別碰這裡的東西比較好。」

聽到谷尾的話，姬川突然愣住了。

「別碰比較好……？」姬川以幾乎聽不清楚的聲音反問後，凝視著光。

谷尾吞了口口水後，擠出聲音說：

「報警吧。」

（!）第三章

對　對　對　對

你很清楚嘛

你爸爸總是那麼強勢

就算再吶喊　吶喊　吶喊

半夜是不會有人發現的

——Sundowner "Never-Heard Scream"

(1)

父親活在那個籠罩在冰冷白色濃霧、沒有聲音的家裡時，心裡都在想什麼呢？一手拿著看不到的時鐘，感受到自己所剩的時間愈來愈少，在被褥裡專心地凝視著虛空的父親，究竟在想什麼？小學一年級時的姬川曾因為好奇，模仿過父親一次。那是在某天的白天，父親去廁所時的事情。姬川悄悄鑽進父親的被褥裡，試著學父親一樣盯著眼前的牆壁看。他聽著父親從廁所走回臥室的腳步聲，直到他回到房間前都保持相同姿勢。和室椅和棉被裡還殘留著父親的餘溫，鼻腔裡也滿是藥味。

可是，腦海中什麼都沒有浮現。

「於是你們就走出倉庫去找總電源？」

「對……。我跟亮。」

「發現辦公室總電源的是誰？」

「是我。只有一個開關朝下，所以我就把它往上扳，倉庫那邊的燈立刻就亮了。結果我就聽到這傢伙——竹內——的大喊。」

「這樣啊……」

小學一年級的姬川完全無法理解父親的想法，但現在應該可以了吧。要是現在的自己將和室椅放在被褥裡，一動也不動地凝視著眼前的牆壁，應該可以正確捕捉住當時父親腦海中的念頭吧。

因為自己和父親是如此相像。

因為自己和父親一樣。

因為自己和父親都以相同的方法，為了相同的理由，做了相同的事。

「現場的地板上有各種東西散落一地，你們進去時已經是那個樣子了嗎？」

「對，我們並沒有亂動什麼東西。我們進入倉庫時看到的狀況跟隈島警官你看到的是一樣的。接頭會這樣到處散落大概是因為光正在整理倉庫的關係吧……」

「接頭……呃，谷尾老弟，很抱歉，我對那些用語不太熟。」

「啊，對不起，就是電線接頭，連接樂器和器材等的電線接頭。」

「啊啊，就是那個黑色的——」

站在倉庫裡，姬川絲毫沒有倉皇失措，他以連自己都很驚訝的冷靜態度處理事情，這就是所謂的**血統**嗎？

「抱歉我岔開話題了。你回到倉庫時，光小姐已經是那個狀態了嗎？」

「是啊，趴著，全身已經冰冷了。我本來想摸光的手腕確認一下她的脈搏，但是一碰到皮膚，就知道她已經死了……。就在這個時候，亮也回來倉庫了。」

「是。然後亮這時也看到光小姐的遺體了？」

「……喂，亮。」

「……亮？」

啊，姬川抬頭。隈島和谷尾在等待區的桌子另一頭，緊盯著姬川看。竹內和桂也站在他們旁邊望著姬川。桂的羽毛夾克兩袖部位還留著竹內以衛生紙怎麼擦也擦不掉的血跡，都變成黑褐色了。也許是哭太久了，桂的雙眼下方出現了淡淡的黑眼圈。

「阿亮，你還好嗎？」

隈島擔心地蹙起半白的粗眉。

谷尾報警後，率先乘警車趕來「電吉他手」的是制服員警，緊接著又從管區警局來了大批搜查員。當發現隈島也是搜查員之一時，姬川不自覺全身僵硬。

谷尾、竹內、桂發現姬川那位每次都來看演唱會的友人居然是刑警，也都吃了一驚，不過並沒有姬川那麼不安。和隈島對看時，姬川頓時心底發涼。——為什麼縣警調查一課的隈島會來呢？明明是**意外**。明明偽裝成意外了。這個疑問，剛才姬川不著痕跡地問了隈島，隈島的回答是「以防萬一」，然而真的是這樣嗎？

隈島是姬川最不想對付的對手。他從姬川小學時就看著他長大，姬川和他見面說話的時間，也許比跟父親還長。姬川說謊被他看破的機率也比被其他警察發現的機率要高很多吧。

「……我沒事。」姬川重新坐好。

一身西裝的隈島搖晃著肩膀，慢慢探身向桌子上方。

「抱歉，亮，我很了解你受到的打擊，但是，還是希望你跟我們合作一下。」

「你問吧。」

隈島再度向所有人提問。那些問題和剛才的提問一樣是形式上的問題，是為了依序整理發現光遺體的經過，並沒有出現什麼尖銳的問題，也許真的是「以防萬一」的訊問吧。

「請問……姊姊接下來會怎樣呢？」

桂問。她很在意光的遺體會被搬到什麼地方做什麼處理，遺體已經從倉庫移出送往醫院了。

「令姊的遺體必須先進行驗屍。」

隈島只有對桂的措辭如此慎重，應該是因為她是死者家屬的關係吧。

「雖說是驗屍，不過也只是調查遺體的狀態，並不是多深入的檢查，要是之後需要解剖，警方會再通知妳。」

只要驗屍，光懷孕一事一定馬上曝光。關於肚子裡的小孩之事，警方一定會率先來詢問和光交往中的姬川吧。到時候要如何應對得先想好才行。不過在這種情況下，是否連孩子的父親是誰都會調查呢？這是姬川也想知道的調查結果。

「桂小姐跟姊姊兩個人住在一起，對嗎？老家——」

「沒有老家。」桂搶在隈島說完前回答。「母親離婚後再婚，已經有了自己的家庭了，我不知道如何聯絡她，父親則是下落不明。」

隈島聽了後，兀自嘟囔了幾次「下落不明」這幾個字，並沒有繼續深究。

竹內看到桂低頭握緊拳頭，隨即上前拍拍她的肩安撫。

等待區籠罩著沉默。剛才還有許多制服員警忙碌地走來走去，現在幾乎全離開了，樂團練習中心裡一片寂靜。混亂開始後沒多久，回來店裡的野際，從谷尾和竹內口中聽到事情的始末非常驚訝，恍惚了好一陣子。雖然說已經打算將店面收起來，但是自己經營的樂團練習中心出了人命，而且死者還是認識多年的光，還是很震驚吧。此時野際人在倉庫那頭和另一名年輕刑警講話。

谷尾叼著菸，菸頭正要接近打火機的火，突然停下動作偷瞄了一下隈島，隈島以手勢表示沒關係。谷尾點了菸，坐立不安地朝著天花板吞雲吐霧。

「……那麼，你知道如何跟他聯絡嗎？」

聲音從走廊那頭傳出來，那是和野際一起走向倉庫的年輕刑警的聲音。

「也不是說聯絡得上……我只知道他住在哪裡……對。」野際回答。

他們在說什麼呢？

兩人出現了。一位是名叫西川的刑警，好像是隈島的部下，和野際並肩走來，他邊走邊迅速地以原子筆在記事本上寫著字。大概比姬川大上幾歲吧，三十出頭，或者看起來很年輕，其實已經快四十也說不定。身材高䠷，臉形瘦長，輪廓深到彷彿是以雕刻刀雕出來似地銳利。

「你知道他的地址，真的嗎？那太好了。」

「對，可是……」

野際抬頭往這邊看。他的目光鎖住桂。

姬川終於搞懂了，他們正在講光和桂的父親。

「可以告訴我他的地址嗎？」

西川將記事本拿在胸前準備抄寫，可是沒聽到野際回答，他不解地蹙起細眉。「野際先生？」

有一段空白。

「你們在講家父嗎？」桂問：「野際大哥，你知道我爸在哪裡嗎？」

間隔了數秒，野際點頭。桂彷彿看見什麼不可思議的東西，無言地眨著眼。谷尾與竹內互看，兩人的臉色都很難看。

姬川很驚訝。為什麼野際會知道光和桂的父親在哪裡？不是連身為女兒的她們都不知道嗎？

「是以前的音樂同好告訴我的，我也是三個月前才偶然知道。」野際回答桂：「我曾告訴小光這件事……其實，她曾經去找過妳父親一次。」

姬川忍不住瞪視著野際。見過父親一事，光一句也沒提。她為什麼不說？為什麼要隱瞞？桂好像也大受打擊，不知道該如何回話，只是直盯著野際看。

「這件事小光沒跟小桂和亮提過吧？我聽她這麼說的。」

「姊姊為什麼……」

野際一臉憂鬱地靠近桌子。「不跟妳說應該是疼妳吧，我曾經從她的嘴裡聽到類似這種意思的話。」

「疼？」桂抬頭看著野際。

「也就是……小光見到的父親似乎很……他跟以前完全不一樣了。老實說，小光很失望，所以她才打算把這件事深埋在心底，不告訴妳。」野際低下頭，嘆息著追加說了一句：「我想應該是這樣。」

「不論如何……野際先生……」

西川似乎發現自己的提問無意引發了出乎意料的狀況，故意擺出公事公辦的口吻，嚴肅地問：

「方便告訴我死者父親的地址嗎？」

「好的。」

野際朝著西川伸出左手。西川似乎沒有立即察覺他的意思，後來露出些微不爽的表情，將自己的筆記本和原子筆放到對方的手上。野際沉默地拿著原子筆在翻開的那一頁書寫。不想直接說出光父親的地址，應該是尊重光的想法吧。

姬川轉頭問：

「隈島先生，你覺得這次的意外是怎麼發生的呢？」

他刻意避免強調意外這兩個字。

警方究竟如何看待光的死呢？他從剛才就一直很想開口問。他本來希望谷尾他們能問的，然而事與願違，他們一直沒提起，沒辦法只好自己來了。

「真實的情況現在還不知道，如果加上我的想像……」隈島邊說邊瞄了一下後方。「西川，你也過來這邊坐。」

之所以將西川叫過來，應該是為了不想發生剛才光的父親地址那件事一樣，兩人各自進行搜查，然後發生奇怪的摩擦吧。只見西川搖頭，舉起自己翻開的筆記本。雖然看不清楚內容，不過上面有剛才野際所寫的、有點像睡姿不良一樣鬼畫符般的筆跡。

「我想去聯絡死者家屬。我會先查電話號碼，如果電話簿上找不到，我就開車去看看，從地址看來好像離這裡不遠。」

「啊啊……也是，也許這樣比較好，那部分就交給你了。」

西川微微敬了個禮後，一個轉身便筆直往出口走去。就在他正要推開「電吉他手」的門時，突然停下腳步回過頭來說：

「我也希望能跟死者的母親聯絡上。剛才野際先生說連桂小姐都不知道母親的聯絡地址，對嗎？」

「我不知道。」桂輕輕搖頭。

「妳覺得令尊會知道妳母親的地址嗎？」

「也許知道，我不清楚。」

「我會問問看。」

西川說完後便推開門出去。漆黑的屋外似乎起風了，西川的黑色風衣正隨風飄揚。

「他很年輕。」

隈島說了一件大家都看得出來的事情。

（2）

喝著野際端來的即溶咖啡，隈島開始還原在「電吉他手」的倉庫發生的「意外」，應該是以下這樣的情況。姬川沉默而緊張地聆聽，而在發現隈島所說的與自己所期待的一樣時，他才鬆了一口氣。

壓著光的遺體頭部的是馬歇爾公司出產的吉他音箱，這種音箱由雙層被稱為櫃子（cabinet）的四角形擴音器組成，再上層則是被稱為頭（head）的操控板，屬於大型音箱，寬八十公分，高度將近兩公尺。雖然是宛如冰箱一樣的巨大器材，然而因為附有腳輪，所以就算女性一人也能輕易移動。音箱就放在倉庫最裡面，比別處高出一大截。

「應該是那個倒下來，正好砸中站在高臺下方的光小姐的後腦杓。光小姐當時應該是像這樣低著頭，背朝著音箱方向。如果不是這樣的話，音箱的上端不會砸中後腦杓。我想光小姐應該是想利用坡道，將那臺音箱從高臺上推到下面來吧。」

那麼，那個時候音箱為什麼會倒下來呢？關於這一點，隈島認為原因出在那道坡道**歪掉**了。

「那個金屬坡道的高側正好抵在高臺的高度，照理說從臺上將附有腳輪的器材搬下來時，不會絆到任何東西。那麼大臺的音箱居然會倒下來，我想除非有人動手腳，否則應該是不可能發生的。不過我剛才確認過了，那架移動式坡道的邊緣並沒有靠緊在高臺邊，也就是說，高臺的邊緣跟坡道的邊緣之間有縫隙，大約五公分。」

腳輪的前輪陷在縫隙裡，所以光一拉之下，音箱才會朝她倒下吧。隈島這麼說。

「晚一點我也會去請教廠商——不過，你們知道那臺音箱大概幾公斤嗎？」

「一百公斤。」

野際立刻回答。他發現隈島彷彿還想發問的樣子，連忙接著說：

「不，我不是亂猜的，是真的正好那麼重。」

野際站起身，走到櫃檯內取來音箱的使用手冊，翻開後面幾頁，開始對隈島說明：

「雙層櫃子的部分各是四十一．五公斤跟三十六．四公斤，頭的部分是二十二公斤，加起來正好是九十九．九公斤。此外，連結部分的金屬零件之類的也有重量，所以……」

「啊，真的約一百公斤耶。」

「是啊……」

彷彿那個殺得死人的重量是自己的過失似的，野際顯得十分沮喪。

「對了，野際先生，那臺音箱為什麼會放在倉庫裡呢？平常不使用嗎？」

「那臺音箱是客人有需要時，另外付費租用的，因為只買到一臺——若放在某一間練習室裡的話，不是很不公平嗎？」

「不公平……呃……」

看到隈島一頭霧水，竹內開口替他解惑：

「那是限量商品，只要是三十歲以上彈吉他的人，誰都會想用用看的Super100JH。」

「Super……？」

「那臺音箱的名字。知名吉他手吉米．罕醉克斯曾在吉姆．馬歇爾（Jim Marshall）的店買過一臺叫做Super100的音箱，過了四十年以後，馬歇爾公司推出了復刻版。這是限量版的音箱，完全複製了當時的外觀跟構造。」

「原來如此，是復刻版……」

——做同樣的事。

在練習室裡聽到的父親的聲音。

——跟我做同樣的事。

「亮以前也用過，對吧？」

突然被問，姬川無法立即反應過來。

「……嗄？」

「就是那臺音箱啊，你不也另外付錢使用過嗎？」

「喔，是。不過只有一次。」

「話說回來……那個時候倉庫電源為什麼會跳掉呢？」

彷彿自言自語地說出這句話的是谷尾。

「是啊，這一點我也搞不懂，晚點我想再去現場仔細看看……」隈島低頭看著手中的紙杯。「不過，應該是倉庫裡的用電量突然提高了吧，所以只有那間房間的電跳掉。」

谷尾似乎仍舊不解。「但是隈島警官，倉庫裡只有音箱和調音器之類的東西耶，那些東西的用電量會導致跳電嗎？再說，野際大哥，那裡雖是倉庫，原本也是一間練習室，電源的安培數應該跟其他練習室一樣吧？」

野際點頭。谷尾蹙起眉頭，表情愈來愈嚴肅。

「那麼，器材使用的電量根本不會跳電才對……」

谷尾盯著桌面看了好一會兒，最後他彷彿想將手中的菸穿刺什麼似地在菸灰缸裡捻熄。

「隈島警官，我可以到倉庫去看看嗎？」

谷尾一行人走向通往倉庫的走廊上時，遇到了幾名制服員警，他們向隈島報告自己的工作已經完成，而隈島則是俐落地交代了幾句之後說：

「要是有什麼新發現，立刻向我報告。」

「好的。」

員警離開走廊往出口走去，這會兒留在樂團練習中心裡的人就只剩Sundowner的團員、野際以及隈島而已。

倉庫裡擠進六個人，感覺變得很狹窄。這地方雖然和練習室一樣大，然而因為擺放了許多器材，空間變得很小，特別是現在連地板上都散落了許多器材，雜亂無章，能走動的空間更少。

「……連指紋都採了嗎？」谷尾突然冒出這句話來。

姬川從剛才就注意到電燈開關、架子、器材等物的表面有一層淡淡的白色粉末，倒在地上的巨大Super100JH上當然也有粉末附著。

「只是辦案的程序罷了，調查一課都專程來了，總不能連指紋都沒採就走人了呀。」

說完後，隈島偷覷了姬川一眼。雖然只是一瞬間，不過明顯看得出來是在觀察姬川的表情。為什麼呢？現在這個動作……姬川緩緩轉過身，背向隈島，以防被他看出自己臉頰的僵硬。

「也有黑色跟紫色的粉末，那是什麼？」

竹內問隈島，不過搶先回答的卻是谷尾：

「那也是採集指紋用的粉。在連續劇裡看到的都是白色粉末，實際上在現場會混用各種顏色的粉。」

「哦哦，真的啊……」

隈島驚訝地看著谷尾說：「你懂得還真多。」

「我在書上看過。」

也許是懶得解釋吧，谷尾並沒有提到父親，隨口蒙混過去。隈島點頭，喃喃說著：

「沒想到連這種書都有呀。」

谷尾在入口處回頭問：「門打不開是因為那個嗎……」

隔音門旁放著大鼓。那是在發現光的遺體前，阻擋桂、谷尾和竹內進入倉庫的東西。

「光為什麼會把大鼓放在那種地方呢？」

「只是剛好吧，畢竟她這麼大規模地在整理倉庫。」竹內環顧亂七八糟的室內說道。

「也是……。應該是這樣吧。」谷尾似乎也同意。「隈島警官，我能摸摸那邊嗎？」

得到隈島的許可後，谷尾開始在倉庫內走動，而姬川等人則是沉默地看著他。谷尾先撥開散落在地上的接頭後，爬上放置音箱的高臺，看向成列音箱的操控板。

「咦……啊？」

谷尾發出奇妙的聲音。所有人都看著他。只見他在高臺上蹲下，彷彿追查著什麼似地將視線掃過地板。

「原來是這麼回事……」

谷尾好像察覺了什麼。

「什麼意思？」竹內立刻問道。

谷尾起身，開始說明：

「這裡的音箱電源幾乎都是開著的。」

「真的嗎？但是……沒有哪一臺的信號燈是亮著的啊。」

「那是當然，因為總源頭的插頭被拔掉了。」

谷尾指著倉庫門口。所有人都回頭望向那邊。隔音門旁邊牆上接近地板處有個插座，下方有個被拔下來的粗插頭橫躺著。

「你看那邊啊，竹內，那不是大龍頭的插頭嗎？」

大龍頭指的是家用大型延長線，上面有十個插座，龍頭本身也有一個開關，那個開關等於是所有插在上面的電器的總開關。樂團練習中心和Live House常會使用這種延長線。

「你沿著大龍頭的線看看。地板上到處是接頭，也許比較難看得出來。」

聽谷尾這麼說，竹內邊盯著地面確認，邊在倉庫中移動。從門旁插頭延伸出去的電線沿著地板，一直延伸到谷尾所站的高臺前面附近。也就是說，大龍頭的四角形主體就在那邊。

「你看那個大龍頭上又插了另外兩個大龍頭的插頭吧？兩條電線都延伸到高臺上，而最前端，就在這裡。」

谷尾拿起腳邊兩個大龍頭的主體。每一個主體上都有十個插座，總共二十個插座，不過那些插座除了一個還空著外，其他全插滿了。換句話說，並列在高臺上的音箱插頭全都插到一塊兒了。

「為什麼……」看著谷尾手上的龍頭，野際不解地皺起了眉頭。

「這完全是我的想像，不過我覺得應該是這麼一回事。」

谷尾將龍頭放回地板上，開始說明：

「我猜光是想要確認這些音箱的狀態，看看每一臺的電源是否正常。她首先將大龍頭的插頭插在門旁那個插座上，再將那個龍頭分出兩個龍頭，把所有音箱的電源線全插到兩個龍頭的主體上，總共二十個。最後光再依序將音箱的電源打開。開了第一個、第二個、第三個——最後將那個超大的馬歇爾音箱的電源打開時，跳電了。」

「啊啊，」發出聲音的是竹內。「原來如此，這也有可能。但是，為什麼只有馬歇爾的電線被拔起來呢？剛才看到只有一個插座空著，那裡應該原本是插那臺的電線吧？」

「是光拔掉的。因為在打開那個超大的馬歇爾音箱的電源時跳電了，如果不拔掉電線，就無法重開總電源，就算開了，也是一下子就又跳掉了。」

「啊，對哦，沒錯。——那麼，谷尾，你覺得總源頭的插頭為什麼會被拔掉呢？就是門旁那個大龍頭的插頭，那個也被拔掉了，對吧？」

「是你弄掉的吧？」

「我？」

「你一邊叫著光，一邊走進漆黑的倉庫時，不是絆到什麼東西了嗎？」

「……啊，有，我記得。」

「那是龍頭的電線，總源頭的電線就是那個時候被弄掉的。」

「原來如此……。原來是我拔掉的啊。」

答得好。——姬川在心底這麼說。

姬川原本就預測會是由谷尾來說明這個狀況，沒想到他能解說到這麼詳細，替姬川為了讓倉庫跳電所動的手腳，想出這麼完美的解釋。

姬川內心很感激友人如此簡單明瞭說明「意外」的狀況。

「但是，谷尾老弟。」隈島摸著頭髮半白的後腦杓，不解地說：「光小姐拔掉那臺馬歐爾音箱的插頭後，為什麼沒有立刻去開總開關呢？這不是有點奇怪嗎？那時候的倉庫因為跳電而一片漆黑，然而光小姐沒有馬上去開總電源，反而是試圖將那臺大型音箱從高臺上移動下來，而且是在一片漆黑中哦。所以她才會沒發現坡道跟高臺之間有縫隙，而發生了這起不幸的意外。」

「把馬歐爾從臺上移下來是我之前要她做的。」野際插嘴說：「我要她整理倉庫時順便將那臺音箱移下來，隨便放在某個角落。我打算將這裡的器材全部賣給業者，那臺大型音箱跟其他音箱一起放在臺上的話，業者要全部搬運出去時會很費功夫，所以……」

「啊啊，原來如此，是這麼一回事啊。」

「但是，光小姐何必在黑暗中做這件事呢？」隈島的疑慮還沒消除。

是這樣啊。——對姬川而言，這又是一次僥倖。

「這個嘛……為什麼呢？」野際對此也不解。

姬川只是沉默地看著事情的進展，心想自己不要隨便插嘴比較好，還是等待別人替自己想出好答案比較保險。

「她只是想去開總電源時，順便把音箱推下來罷了吧？」完美的答案再度從谷尾嘴裡說出來：「雖說這裡的電燈不亮，四周漆黑，但也不是真的暗到伸手不見五指。藉由小窗照射進來的光線，還是看得到自己手邊的。光大概是正打算去開總電源，要下高臺時想起野際大哥的指示，便想說順便將馬歐爾推下坡道去吧。就像……去倒垃圾時順便看看信箱裡有沒有信那樣。」

「信箱啊……原來如此。」

「然後就發生了意外。我是這麼猜想的啦。」

「嗯嗯……也許真的是那樣也說不定。」

「嗯，」隈島點著頭，眺望著高臺上的谷尾說：「谷尾老弟，你太厲害了，你這可幫了我一個大忙。」

受惠的當然不止隈島一個人。

姬川在腦海中整理剛才谷尾的說明，思考有沒有之後會造成問題的疑點。似乎沒有什麼特別不周之處——

不。

「谷尾，我可以問一個問題嗎？」走進倉庫之後，姬川第一次開口：「為什麼光在確認臺上的音箱狀況時，會把總源頭的電源插在門旁的插座呢？」

「什麼意思？」

「我的意思是為什麼要故意拉著延長線橫越地板，去插那麼遠的插座呢？」

「為什麼……？因為能立刻用的插座就只有那裡，不是嗎？」

「但是這間倉庫跟其他練習室的設計一樣，高臺後方應該還有一個插座才是——」

姬川故意在這裡停頓了一下，然後「啊啊」地點頭說：

「因為有整排的音箱擋著，所以高臺後方的不好插啊。」

「沒錯。」

這家樂團練習中心的練習室裡，除了入口附近，高臺的牆上也設有插座，不論是練習室或是倉庫都一樣。但是因為倉庫的高臺上擺滿了音箱，因此要使用高臺這側的插座比較困難。姬川覺得必須讓在這裡的人先察覺這一點。

「所以光才使用比較遠的門邊插座。只是因為這樣吧。」

谷尾這個結論真是正中下懷。姬川偷窺隈島的表情，他似乎也完全認同。姬川安心了，看來使用門旁插座的**真正理由**並不會被發現。

姬川之所以選擇將總源頭的插頭插在門旁的插座，是希望有人走進這漆黑的倉庫時，會被電線絆到而不小心把插頭拔掉。原本姬川打算若沒人被絆到，他就自己來，沒想到那個時候竹內真的應了姬川的希望，漂亮地被絆到，扯掉了插頭。

馬歇爾音箱的電源線一開始並沒有插在任何一個插座上，剩下的十九個音箱的電力就足以讓總源頭跳掉了。姬川將十九臺音箱的電源線分別插在兩個龍頭上，再將插著那兩個龍頭的總電源的插頭，插進門邊牆上的插座。當十九臺音箱的電源一口氣開啟時，倉庫電源就跳電了。——這時候要是總源頭的插頭還插在插座上，就算想重開倉庫電源也沒辦法，所以必需拔掉插頭，而且必須是**某人偶然拔掉**才行。要是一開始就拔掉，會顯得不自然，因為那會變成光在黑暗的倉庫裡先走到門旁拔掉插頭，再走回高臺移動馬歇爾音箱。

「光小姐的意外究竟是怎麼發生的——這樣就差不多還原了。」

隈島嚴肅地說。

「為什麼要將音箱從臺上搬下來、為什麼會跳電……託大家的福都搞懂了，謝謝你們，光小姐一定也很安慰吧。」

講到最後一句的時候，隈島看向低著頭的桂。

「好了，我們出去吧，一直站著也很累吧。」

就在大家一起靜靜地要走出倉庫時，谷尾低聲詢問隈島：

「隈島警官，我可以問最後一個問題嗎？」

「你說。」

「通往外面的那道鐵捲門是鎖上的吧？」

隈島停下腳步，狐疑地看著谷尾。姬川也不禁停下腳步。

「是啊……從內側上的鎖。」

「鑰匙在哪裡？」

「好像在光小姐牛仔褲的口袋裡。」

「這樣啊。」谷尾於是陷入了沉默。

(3)

姬川一行人再度回到等待區。隈島好像要和警局聯絡，笨拙地按著手機按鍵，一邊往外面走去。

所有人都各懷心思地沉默著。

姬川發現坐在旁邊的桂從剛才就拚命忍住淚水。他輕輕伸出手，想要碰觸她的肩膀，然而桂靜靜地閃身，避開他的手。

「我重新泡杯咖啡給你們吧。」

野際站起身，走進櫃檯。那裡是一個小小的茶水間。姬川瞄了一眼牆壁上的時鐘，沒想到才剛過八點半。六點從練習室走出來後，感覺已經過了半天的時間了。

姬川回想剛才在倉庫的對話。

託谷尾的福，事情進行得很順利。只不過，還是有兩點讓他很在意。一是鐵捲門的事。為什麼谷尾最後會問那個問題呢？還有另一點——這是更奇怪、更可能致命的疑點。

感覺事情進行得太過順利了。

要不是谷尾如此優秀的解釋，包括跳電的經過，以及光在黑暗中移動馬歇爾音箱之事，應該不會這麼快就得到隈島的認同。不光是谷尾，現在回想起來，連野際的證言也幫了大忙。

——把馬歇爾從臺上移下來是我之前要她做的。

是真的嗎？會不會是野際早就知道姬川所做的事，所以助他一臂之力呢？會這麼懷疑，實在是野際的發言發揮了讓隈島合理解釋一切的功效。

冰冷的不安一點一滴地落在心底。那不安的水滴靜靜地、確實地囤積在姬川心底。

「谷尾……你為什麼會問起鐵捲門的鑰匙呢？」

發問的人是竹內。因為自己的腦海裡也正在想著相同的疑問，因此姬川嚇了一跳。

「啊啊，我只是……想再多想想。」谷尾並沒有抬頭。

「想？想什麼？」

「就是多想想啊。」

「想些什麼啊？」

谷尾煩躁地蹙起粗眉。「你不覺得不太自然嗎？整個情況。」

周遭的空氣頓時凝結。

「——不自然？」

桂首次開口反問。她的臉頰僵硬，筆直盯著谷尾。

「是啊，倉庫的那個狀況。我還是覺得不自然，有什麼地方怪怪的。」

「但是谷尾大哥你剛才——」

「剛才我是想用我的方式盡力說明，但是……」

「但是你改變想法了嗎？」竹內眨著眼問。

「不是，我也不想胡思亂想，所以我才試圖拼湊現場可能是那樣——也就是會發生意外的必然性。我很希望那是單純的意外，希望光是因為自己的不小心而喪命的。」

「希望……。但那是事實吧？」

「是不是事實，我們不知道吧？」

「那誰會知道？」

「誰……」谷尾突然沉默。

「說啊！」竹內催促。然而谷尾只是輕嘆，改變話題對竹內說：

「竹內，你覺得剛才我為什麼要絞盡腦汁向隈島警官解釋那些？」

「你**希望**那是意外，不是嗎？」

聽到竹內刻意強調，谷尾搖頭說：

「我告訴你一個非常簡單的道理。你聽好。如果那不是意外會怎樣？人死的原因不外乎四個：意外、自殺、自然死，如果都不是，那就是被殺。有人被殺就代表有殺人兇手。」

「你在講廢話嗎？」

「光死的時候，這家樂團練習中心裡有誰？我、你、亮、桂，只有我們四個人在。不關我的事，那麼然後呢？剩下三個人，有三個人有嫌疑耶。」

谷尾一口氣說到這裡，然後突然閉嘴，只是盯著竹內的臉。他沒有繼續說下去，等待自己沒說出口的想法徹底滲透到對方的腦海中之後，才終於別開視線。

「我不願想像那種該死的事，所以我才那麼說明。」谷尾說：「懂了嗎？」

竹內沒有回答。

沉默再度降臨。竹內有兩度想開口說些什麼，但是話到嘴邊又吞了回去。

原來是這樣嗎？——姬川小心不讓身旁的人發現地緩緩吸氣、吐氣。谷尾在倉庫那麼無懈可擊地說明理想的「意外」，原來是因為這樣的理由。這下子疑問解開來了，然而情況卻往壞的方向發展。

「老實說，我剛才對隈島先生說的話……」野際拿著托盤，端了五個紙杯回來了。

「是假的。」

「假的？」谷尾張大嘴巴。

野際一邊將托盤放在桌子，一邊非常緩慢地坐下。

「我不是說了小光把馬歇爾音箱從臺上移下來的原因嗎？」

「啊啊，就是你事前交代她做的那件事嗎？什麼，那是假的嗎？」

「也不全然是假的啦，不過也可以說是假的。」

「到底是真還是假啊!?」

「一半一半。我要小光將那臺超大型音箱移到**臺上可以馬上推下來的地方**，因為直到下週，也就是這家店收起來之前，也許還會有客人來借。」

「那麼，你沒叫她移到臺下來嘍？」

野際點頭，將紙杯舉到唇邊。

「為什麼你要那樣說？為什麼要說謊——說一半的謊呢？」

「我的理由跟谷尾一樣，那個時候樂團練習中心裡……」野際又啜了一口咖啡，嘆息著說：「只有你們四個人在。」

竹內抓著淺褐色頭髮，似乎很混亂。

「喂，為什麼你們兩個都胡思亂想到那裡去呢？光不是意外死嗎？谷尾，你剛才說什麼？誰沒做，剩下誰有嫌疑？野際大哥也是，拜託！什麼樂團練習中心裡有誰？我們四個人……你們來真的？」

「我只是說也能那麼想而已，我跟野際大哥都不是真心那麼想啦。」

儘管谷尾如此勸說，卻無法安撫竹內激動的心情。

「什麼叫也能那麼想啊！那種莫名其妙的想像交給隈島警官或你老爸就夠了吧，如果不是真心那麼想，就別說出口！」

「是你要我說的吧？」

「我才不要聽那種話，亮也是，小桂也是——對吧，小桂，妳也不喜歡吧？覺得不舒服吧？」

桂抬起頭，盯著眼前的紙杯，緊閉雙唇。姬川也故意不說話，只是微微斂起下顎。

「總之，我不想聽……我覺得很不舒服。」

竹內最後這麼說，所有人的視線便在含著怒氣的寧靜中分散四處。

姬川其實某種程度已經預料到會變成這樣了。畢竟是完全沒計畫，只是衝動地做出那樣的事，因此早就預料到會有人言及現場的不自然，懷疑是意外。但是……

不會有問題的——姬川對自己說。只要沒有任何證據，就不會出問題，只要能一直隱瞞下去，就不需要擔心。對，要一直隱瞞下去。做到這一點就可以了。只要做到這一點就可以了。

不會有問題。

不會有問題的。

（4）

「抱歉，讓大家久等了。野際先生，真抱歉。」

隈島縮著寬大的肩膀，從大門走進來。他一邊說著外頭風怎樣又怎樣，一邊搓著手走近。

「隈島警官也來杯咖啡吧？」

隈島說「好」，對著走向櫃檯的野際舉起三根指頭。「可以給我三杯嗎？」

「可以啊——但是……」

「我剛才跟西川聯絡過了，他好像快到這裡了。」

隈島朝空椅子坐下。突然揚來一陣風，帶來夜的味道。

「三杯——呃，你跟西川警官，還有……」

彎著手指數數的野際講到這裡就停了。他望向桂。桂察覺到他的視線，一驚之下望向隈島。

「聽說他人在家裡，待會兒會一起過來。」

隈島微微低著頭這麼說時，入口處的門再度被拉了開來。

「我回來了。」

西川瘦長的身影後面，是一張姫川不認識的面容。一個頭髮稀薄，以整髮劑梳理成旁分的中年男子。

「……桂。」

男子與桂的視線相逢，臉上微微出現膽怯的表情。桂沒有出聲，以彷彿公祭時面對弔唁者的那種平靜的視線示意而已。

「是小野木聰一先生嗎？」

隈島溫和地問。

「啊，是，我是小野木。」

「發生這麼不幸的事，請節哀順變。」

「是……」

隈島以手勢指示他坐旁邊的椅子。一身毛衣的小野木縮起背，避免發出腳步聲地往椅子移動。

野際站了起來，對老朋友低頭。

「在我的樂團練習中心裡發生這種事，真的很對不起。」

小野木驚訝地搖著頭，揮著手要野際快別這麼說。這期間桂只是凝視著桌面，怎麼都不肯抬頭。

這個叫做小野木聰一的男人，和姬川從光或桂口中聽到而想像的人完全不同。在姬川的想像中，光和桂的父親是一個晚上在Live House打鼓，過著毫無規律的生活，不斷給家人添麻煩，但仍舊以不擅言詞的方式愛著兩個女兒的不羈男人。生活真的會改變一個人嗎？還是人類會為了生存下去，去尋找適合自己本性的生活呢？聰一這個名字聽起來和自己的父親宗一郎有點雷同，也許因為這樣，姬川之前對他總有一種堅強、不會被打倒的印象，然而現在出現在眼前的聰一卻只是個隨處可見的平凡男子。

姬川突然想起谷尾的話。

——可以聽帶子代替自己演奏啊。

谷尾說用ＭＴＲ將演奏錄音起來，等到年紀大了，身體無法負荷時就可以拿出來聽。

——應該還是有那種氣氛吧。

也許真的是那樣，也許谷尾是正確的。

聽說光在三個月前見過父親，當時的她一定非常失望，一定有種強烈遭到背叛的感覺。然後……

——不過，不會覺得空虛嗎？

——想拿起樂器演奏，卻發現自己已經跟以前大不同才更是空虛。

她一定覺得很空虛。

早知道不該見面的。相見不如不見。應該滿足於保有美好回憶，偶爾拿出來重溫就好。那一定是人們不管過了多少歲月，還能擁有幸福的不二法門。

母親的公寓裡，無數幅姊姊的畫散落一地，因為母親幾乎每天都畫著生前的姊姊過日子。那是姊姊真正的模樣——也許是母親為了時刻不忘已經不存在於世上的姊姊真正的模樣，所選擇的方法也說不定。也許母親在那間房子裡，每天每天都播放著姊姊的回憶在過日子。

隈島向小野木說明光發生「意外」的經過。他發出「啊，啊」這種聽起來像嘆息的附和聲，始終僵著臉，偶爾會微弱地提出沒什麼意義的問題。他始終很在意視野邊緣的桂，也許因為這樣，不管他說什麼，聽起來都像是在謝罪。

「——情況似乎就是這樣。」結束說明後，隈島對著小野木深深一鞠躬說：「真的是很不幸的意外，我能體諒您的心情。」

「不不，別這麼說，給各位添麻煩了……」

小野木又搖起頭揮著手，就像剛才對野際所做的動作一樣。大概是向人低頭時會習慣性覺得退卻吧。他的態度完全看不出來是一名剛失去女兒的父親。

就在這個時候，桂開口了：

「聽說你跟姊姊見過面了。」

「嗄？啊啊，嗯，是啊，前不久。」也許是突來的提問讓他驚訝，也或許是桂的口吻過於尊敬，小野木僵著臉回答：「光告訴妳了？」

「野際大哥說的。」

桂以僵硬的語氣說完後，又輕聲地加了一句：「剛剛才告訴我的。」

那是姬川最後一次聽到他們父女交談。

不久後，隈島要姬川、谷尾、竹內三人先回家，而桂和小野木則被帶往光遺體暫時停放的大學附屬醫院。

「抱歉耽誤大家到這麼晚，明天大家都要上班吧。野際先生也是，非常謝謝你的合作。今天我就先告辭了。」

「辛苦了。」

「關於這起意外，如果各位想起什麼新的線索，請跟我聯絡，即使只是蛛絲馬跡也沒關係。」

隈島遞給野際名片，同時也發給姬川他們。部門名稱「一課」的下方印著專用電話。

「可以放他們三個人回去嗎？」西川斜眼瞄了一下隈島說道。

「當然啊。」

「但是那件事……」

「沒關係。」

沒想到被隈島制止，西川一臉不滿地閉上嘴。

西川想要講什麼呢？姬川非常在意。現在想想，西川帶小野木回來時，眼神似乎比之前更嚴肅，特別是面對姬川、谷尾和竹內時。這和他剛才說到一半的「那件事」有什麼關係嗎？姬川在意的不止這一點。剛才隈島走出樂團練習中心又走回來，他那時說是在和西川通電話。然而只是打一通電話，未免也離開太久了。那個時候隈島在樂團練習中心門外究竟做了什麼？

「姬川先生，可以問你一個問題嗎？」西川看著姬川問道。隈島似乎想說些什麼，但是西川一副不在乎的樣子。「你跟被害者在交往吧，最近有沒有聽她說些什麼？」

「西川。」隈島制止他。

「什麼意思？」姬川問。

西川無視姬川的話，重複同樣的問題。

「有沒有聽她說些什麼？」

「西川，別問了。」

光懷孕的事情。姬川此時確認西川應該是要問這件事。該從自己的嘴裡說出去嗎？他當然不打算假裝不知情，畢竟他連墮胎同意書都簽了，說謊馬上就會被拆穿。

「沒事，亮，對不起。你可以回去了，谷尾老弟跟竹內老弟也可以走了。」

谷尾與竹內納悶地互看一眼，但是他們看來都不想深究，馬上拿起外套緩緩穿上。谷尾背起貝斯，竹內將放在等待區角落的ＭＴＲ裝進大袋子裡，姬川也橫背起吉他箱的帶子。

「那麼，我們先走了。桂，有什麼事就來找我。」

竹內疲憊地說，並向桂輕輕揮手道別。谷尾也模仿他說：

「有什麼狀況要馬上跟我聯絡哦。」

「謝謝你們。」

桂從頭到尾都沒看姬川。

當他們三個人正要往出口走去時……

「野際先生，你有膠帶嗎？」

西川突然這麼問。野際一時神色茫然，不過隨即從櫃檯裡取來膠帶，交給西川。

「你要做什麼呢？」

「只是搜查的一部分。在你們離開之前能先過來這裡一下嗎？很抱歉，能不能請你們面向後方排成一列。」

才在想西川要做什麼，就見他將膠帶撕成一小段，沉默地開始黏著姬川他們三人外套的領口。隈島站在遠處一臉迷惑地看著。

大概是在採集三人的毛髮吧。姬川馬上就知道一定是為了和光肚子裡的小孩做ＤＮＡ比對。

「謝謝，已經好了。」

西川將膠帶貼在自己的筆記本上，並以原子筆迅速地在空白處寫字。當他正打算將筆記本放進口袋裡，突然停下動作，因為他發現小野木站在旁邊一臉惶恐地低垂著頭，沉默地亮出自己外套的領口。小野木雖然搞不清楚狀況，一定覺得這是自己也必須參加的某種重要的採證吧。西川只好對小野木也執行同樣的程序，然後將膠帶貼在筆記本上的另一頁。儘管沒有必要連光的父親的毛髮都採集，但此刻也無法講出這一點吧。

隈島送他們走到門外。

「隈島先生，能不能告訴我一件事？」

等谷尾和竹內先走出去後，姬川這麼問。

「沒問題，你要問什麼？」

「明明是意外，為什麼隸屬一課的你會來？」

「那是因為……咦？」隈島蹙眉，似乎在思考什麼。「你好像問過我同樣的問題，是我記錯了嗎？」

「你沒有記錯。谷尾報警後，你剛抵達樂團練習中心的時候，我也問過你了。」

「對對。那個時候你問了我同樣的問題。當然我的答案也跟那時候一樣。」隈島起身，溫和地微笑。「只是以防萬一。」

「但是我仔細想想，還是覺得很奇怪。意外死亡的人到處都有，要是每次搜查一課的人都為了以防萬一而前往現場，那還有時間做他們原本該做的工作嗎？」

「因為我們正好有空，這次是被派來的，這點我應該也跟你說了。」

「但是……」

「其實我也很想問同樣的問題。」谷尾不知道什麼時候站到旁邊來了。「我有親戚是刑警，所以我稍微知道一點——這種情況相當罕見吧，我是說單純的意外卻來了一課的刑警。」

「啊啊……是啊。這樣啊，原來你有親戚是刑警啊。」

「是**遠房親戚**。」

隈島蹙起眉頭，撫摸著粗糙的寬闊下巴。最後他似乎下定決心似地看著姬川說：

「其實這次是我自己拜託上司讓我來現場的。」

「為什麼？」

「接到報案時，我正好在局裡，偶然聽到報案內容，那個時候我得知意外的現場是這家樂團練習中心，便急忙詢問詳細內容，才知道死者女性叫小野木光，所以——不，我並不是因為認識她而來的，我是因為，亮，你……」

看到隈島支吾其詞，姬川替他接下去說：

「擔心我嗎？」

隈島點頭。

「是啊……我很擔心你。」

姬川突然覺得很煩躁。

——就是覺得擔心你。

隈島也曾用同樣的話，解釋他為什麼會常常出現在因案件而認識的姬川身邊。不論是當時或現在，隈島都是真心的吧。他一直很擔心姬川，聽到「電吉他手」發生意外，也是第一個先擔心姬川。姬川年幼時就失去父親和姊姊，與唯一的親人——母親——也相處得不好。隈島一定是將姬川看做是自己不幸的親戚之類的吧。過去姬川很感激他的存在，每次一見到他，就能沖淡內心的寂寞與憂鬱。但是……

這一次，搜查一課隈島的出現，帶給姬川只有厭煩與恐懼。

「可以別再這樣了嗎？」姬川的視線從隈島身上別開，「以前的那件事，我真的想忘了，不想再見到會讓我想起那件事的事物，也不想再見到會讓我想起那件事的人。」

姬川當然知道這些話沒有任何意義。隈島已經以警方的身分負責偵察這起事件了，姬川說什麼都不可能改變隈島今後的行動，然而姬川還是忍不住想說：

「請別再這樣了。」

姬川說著轉身背對隈島，邁開腳步離開了。

（5）

——究竟是什麼呢？

姬川回想著。

——很奇怪吧。

二十三年前，盛夏傍晚聽到的姊姊的聲音。

那是父親剛開始居家安寧療護沒多久的時候。遠處傳來練習盂蘭盆會舞的大鼓聲，所以時間應該是七月底或八月初吧。姬川本來在一樓廚房喝麥茶，看著電視。當他走上樓梯打算回兒童房時，聽到姊姊說話的聲音。他本來以為是姊姊有朋友在兒童房。因為姊姊鮮少邀朋友來家裡，因此姬川緊張地走上二樓，從門縫窺探房間。然而裡面只有姊姊一個人。她癱坐在地，側臉迎著夕陽，眼睛一眨也不眨地凝視著腿上的獅子玩偶。

——你覺得呢？

彷彿在等待對方的回答似地停了片刻。接著姊姊無聲地笑得很開心，而且笑了很久。

姬川呆然地從門縫中窺視姊姊。他記得在橙色光芒的照耀下，姊姊的面容看起來比平常更稚氣。姊姊到底在說什麼呢？為什麼會笑呢？他不懂，只是很喜歡姊姊側臉的童稚，於是不自覺地出聲叫了姊姊。

回過頭的姊姊臉上有著僵硬的驚訝。

姬川問她剛才對獅子說了什麼，但姊姊只是沉默，紅著臉搖了搖頭。

姊姊是在幾天後的夜裡才告訴他那件事。兩人在兒童房裡面對面，坐在鋪了一地的圖畫紙上，隨心所欲地畫畫時，姊姊突然提起那件事。

那好像是她常做的夢。

——突然**被揑**。

——被揑？

姊姊好像常常做那種夢。

——對，每次都被揑同一個地方……

——哪裡？

——這裡，這一帶。

姊姊站起來指給他看的地方在格子裙內側。姊姊模糊地指著胯下被內褲蓋住的地方。

——為什麼那個地方會被揑？

——不知道，是做夢嘛。

姊姊蹙起小小的眉頭，神情緊張地搖著頭。

——好痛，我好幾次都想叫對方住手。

——那怎麼不說？

——說不出來啊，嘴巴好像被捂得很緊的感覺。

姊姊以手用力捂住嘴巴給姬川看。

——是誰下的手？

——兔子。

——兔子？

——對，兔子，長得有點像太空人。

——太空人？長怎樣？

姬川完全聽不懂姊姊在說什麼，便將地上的圖畫紙推向姊姊，要求姊姊畫下來。姊姊一邊回想，一邊拿起手中的褐色色筆在圖畫紙的空白處畫了起來。姬川很期待姊姊口中的「太空人」，因此站起來湊到姊姊身旁等她畫完。

姊姊畫出來的真的就是一張很像太空人的兔臉。圓圓的臉上有二隻長長的耳朵，也許是因為戴著帽子吧，額頭往上的部分被塗成褐色，那頂帽子連兩隻耳朵都蓋住了。大大的雙眼下方，有很明顯的黑眼圈，看起來非常不舒服。

咦？姬川心想。

——姊姊，這隻兔子……

他突然覺得自己好像看過。

自己不但看過這隻兔子，而且還很熟悉。

然而那個時候的姬川怎麼也無法看破兔子的真相，只是在腦海中直覺地知道那存在於自己身旁，但就是無法精準掌握。

樓下傳來母親打開水龍頭的聲響。

——可是，這不是夢嗎？

姊姊歪著瘦弱的脖子，似乎想說些什麼，卻突然沉默下來，接著一直呆呆地凝視姬川的鼻頭。

夢的話題就此結束。姊姊將畫著奇怪兔子的圖畫紙捲了起來，塞進垃圾桶。

當時，姬川睡在雙層床的上鋪，他想自己要是也和睡在下面的姊姊做同樣的夢，那該怎麼辦，好一陣子都覺得很可怕。只是後來他漸漸淡忘這個夢境。姬川至今還是不知道那隻兔子的真面目，怎麼想也想不出來。

不……

真的是那樣嗎？姬川自問。自己真的不知道嗎？自己不是知道答案嗎？不是知道兔子的真面目嗎？知道，卻只是別開頭假裝不知道，不是嗎？

（6）

「**以前的那件事**是什麼事？」在前往大宮車站途中，谷尾罕見地露出擔心的表情。

「我問的是你剛才跟隈島警官講的那個。」

「喔，沒什麼。以前我的親人死的時候，隈島先生剛好是負責調查的警察。」

「去世的親人……？令尊嗎？」

自己有姊姊一事，姬川並沒有告訴任何人。

「可是亮，令尊不是因為生病……」

「不是我父親。」雖然有點猶豫，不過姬川也採取了剛才谷尾的方式，蒙混了過去。

「是遠房親戚。」

愈來愈靠近車站，人潮也愈來愈多。

「光為什麼要將那臺馬歇爾音箱從臺上移到臺下來呢？」竹內面向前面，彷彿在自言自語：「跳電了，應該是一片漆黑，她為什麼……」

「夠了吧。」谷尾低聲制止他：「現在再講那個也沒有意義了，說到底，根本沒有什麼疑點，那個現場並沒有不自然。」

兩人互換了在樂團練習中心的等待區時的立場。

「現在想想，意外不是多半這樣嗎？在電視上看到交通事故的現場時，也是常常會想為何會引起這樣的事故。」

「但是今天光的意外真的是……」

「在任何情況下，意外都有可能發生，連香蕉掉到腳邊就這麼死掉的人都有。」

「那是什麼啊？」

「好像是一年前吧，在澳洲有個婆婆想吃香蕉，結果不小心將香蕉掉在地上。當時香蕉蒂頭擦到她的腳，畫出傷口。結果婆婆就在幾天後因為傷口的併發症而死亡。」

「真的假的啊？」

「我騙你幹嘛。」谷尾重重地哼了一聲。

竹內聽到谷尾所說，彷彿洩了氣似地將雙手插在口袋裡，縮著身子嘆著氣說：

「不過，現在才九點多。怎麼辦？要直接回家還是去舞屋坐下來聊聊？」

「舞屋在另一邊，不過要走回去我是無所謂，反正回到家只有我一個人，我一定會想起跟光的各種回憶。」

「就是啊，亮呢？」

「我……我想獨處。」

「這樣啊。」

三個人各自陷入沉默，最後全都往車站方向走去。

谷尾和竹內不再對於光的死做各種猜測追根究柢下去，是一件值得高興的事。雖然他們不是警察，然而就某方面來說，他們是姬川更需要防備的對手，因為光被殺害的那一瞬間，他們都在同一家樂團練習中心裡，說不定察覺到了姬川沒注意到的某個漏洞。如果時間能就這麼過去就好，希望時間久了，他們對今天的記憶也會變淡，再也想不起細節。

然而，事情哪有那麼簡單。

察覺姬川漏洞的人是谷尾。

「……嗯。」

谷尾唐突地停下腳步，走在他後面的竹內來不及煞車，就這麼撞上他的背。姬川也停下腳步。

谷尾站在人行道的正中央，凝視著虛空彷彿在思考些什麼。

「你怎麼了？」竹內探頭看著谷尾。

谷尾搖頭說：「沒什麼。」

「怎麼可能沒什麼，說吧。」

「就沒什麼啊。」

「說！」

「沒什麼……不，等等……那個……」

說完後，谷尾再度沉默。竹內瞄了姬川一眼，姬川微微歪著頭，露出一臉不解。

「竹內……你能不能回想一下？」

谷尾帶著些許茫然的表情，轉頭看著竹內說。此時，在十字路口轉彎的卡車頭燈啪地直射到谷尾的臉上，讓他一瞬間看起來簡直像是另一個人。

「你走進倉庫的時候——就是推開被大鼓堵住的那道門，進入倉庫裡面時，一開始你不是去撥了電燈的開關嗎？啪啪啪地動了開關。」

「嗄？啊啊，裡面很暗啊，當然會想開燈。但是因為跳電，所以燈——」

「沒亮，這點我知道。我想問的是，當時開關是朝向哪邊？就是你摸到的時候，是朝上？還是朝下？」

「我哪記得啊，當時那麼暗。」

「你開關了幾次？」

「幾次？」

「那個時候**你撥了幾次開關**？」

「你要我回想起來？哪有可能，我只是隨手撥了幾下。」

「是雙數次？單數次？」

「想不起來啦。」

嘴裡說想不起來，但竹內被谷尾的模樣震懾住，終於還是盤起胳膊，認真地回想著：

「首先我把身體塞進門縫……右手伸向牆壁……啪啪……不，啪啪、啪……嗯？啪啪啪……啊啊，沒錯，就是啪啪啪。」

竹內抬起頭說：

「三次，我想起來了，是三次沒錯。」

糟了——姬川全身僵硬。

「三次？喂，那不就是……」谷尾以銳利的眼神盯著竹內。「**一開始那裡的電燈本來就沒有開嗎**？」

姬川覺得有一陣潮溼冰冷的不安席捲全身，他好不容易才忍住膝蓋的打顫。

「電燈沒開？什麼意思？」

「道理很簡單。我在辦公室打開總電源的同時，倉庫的燈也亮了吧？也就是說，當時電燈的開關在ＯＮ。你開關了三次，所以在你撥動之前，開關是在……」

「ＯＦＦ？」

「對。」

三人的視線快速交錯。

「你們覺得有人會關燈整理倉庫嗎？」

谷尾彷彿不是在問竹內或姬川，而是在問自己。

(7)

姬川回到公寓，將吉他箱往床上一丟，立刻去淋浴。他將水量開到最大，一動也不動地凝視順著劉海滑落而下的水流。

姬川好長一段時間一動也不動。

——也有可能是我記錯啊，也許我撥開關的次數並不是三次。因為竹內的一句話，人行道上的爭論變得曖昧不清。

——電燈根本沒關上啦，我大概動了四次或六次開關。

谷尾似乎仍然無法釋懷，但最後三個人還是直接走向大宮車站，在車站內道別，往各自的月臺走去。

電燈開關。

「是那個時候……」

電燈開關。

那完全是姬川的疏忽。在光被殺害的現場——倉庫裡面——組裝讓電源跳電的裝置時，姬川關掉電燈，只利用從小窗照射進來的淡淡光線工作，因為他怕被別人從門外發現他的身影。

音箱與大龍頭的安排完成，要讓電源跳電時，姬川忘了重新打開被他關掉的電燈。這完全是他的失策。雖然這次的爭論結果在曖昧中結束，然而不知何時還會被再度提起。不光是電燈，也許自己還犯了其他尚未被發現的大失誤。

簡直就像全身痙攣一樣。姬川感受著被某人奪去一半呼吸似地悶痛，忍受著不安彷彿就要衝破胸膛爆炸的每一個瞬間。

深夜，電話響了。

漆黑的房間裡，閃著亮光的行動電話的螢幕上，顯示著「無來電顯示」幾個字。

「……喂。」

姬川拿起電話。對方沒有出聲。是訊號不好嗎？不，聽得到微微的呼吸聲。

最後，對方出聲了。

有點像母親嗓子的沙啞女聲。

「你根本沒去廁所吧……」

只講了這句話，電話就掛掉了。

＊　＊　＊

「我會跟『好男人』聯絡，發生這種事，已經管不了演唱會的事了吧。」

「是啊。」

竹內與姬川和谷尾分手後，慵懶地往野田線的月臺走去。他邊走邊拿出iPod，將耳機塞進耳朵裡。並不是真的想聽音樂，純粹是習慣性動作而已。他操作著iPod的主體，才發現此刻根本沒有聽音樂的心情。

實際的感受直到這時才慢慢湧現。

從高中時代就玩在一起十四年的光死了。

竹內默然地走在熱鬧的大宮車站內。星期天晚上的車站裡擠滿了醉客，是因為正值尾牙季嗎？與其聽著那些人爽朗的談話聲與笑聲，不如將iPod開大聲一點，隨便聽點音樂還比較舒服。竹內再度拿出iPod，將耳機塞進耳朵裡。開啟電源的同時，今天在抵達「電吉他手」之前聽的大人物合唱團（Mr. Big）的專輯從中間曲目開始播放。歌手哀怨的聲音隨著緩慢的吉他旋律唱出抒情歌，那是翻唱凱特·史帝文斯（Cat Stevens）的〈野蠻世界〉（Wild World）。

如果你真的要走，請保重你自己

希望你能在那裡交到許多好朋友
但是請小心那裡也有許多險惡之事

竹內幾乎是不自覺地按下停止鍵。
「……拜託！」
人類是一種很任性的動物，只有自己的心情寧靜、沒有任何問題時才能舒服地醉心於悲傷的歌曲或詩詞。真正難過與揪心的時候，歌曲詩詞只會讓自己不快。旁觀悲傷很舒服，然而一旦自己身涉其中，只會覺得厭惡。
「聽吉米·罕醉克斯好了……」
光喜歡吉米·罕醉克斯。竹內以大拇指按著iPod的操控按鈕，尋找曲子。他記得裡面應該有幾首曲風明亮的曲子。竹內低頭望著iPod的螢幕，茫然地動著大拇指。
然後，手指瞬間停下來。
螢幕上顯示的是〈Thing in the Elevator〉這幾個字。這不是曲子，而是竹內以ＭＴＲ製作的「作品」。也就是他想到可以做為演唱會上曲子的開場白播放，於是上星期從ＭＴＲ轉錄到iPod上，拿給姬川及谷尾聽的那個東西。
為何自己的手會停下來呢？竹內不解。
對了。剛才腦海的某個角落好像發出小小的聲音，該說是第六感嗎？看到這串文字時，竹內好像感受到什麼，所以才忍不住停下了手。是什麼呢？自己究竟是對什麼起反應呢？

——你們最近有沒有聽說關於這座電梯的詭異傳聞？

竹內想起自己在家裡急忙錄音的登場人物的臺詞。

——聽說有那個出沒。

內容是在講社長死掉的兒子搭電梯，一個司空見慣的怪談。這有什麼好在意的呢？

——聽說電梯裡會不知不覺多出一個年輕男人。

「不知不覺多出來……」

就在這個時候。

竹內的腦海裡突然鮮明地重現**那時**的情景。

漆黑的倉庫、不亮的電燈、竹內走進被大鼓擋住的門，呼喊著光的名字一步一步往前走，緊接著，谷尾和桂也走進倉庫裡。然後……

——原來你們在這裡啊。

背後傳來姬川的聲音。在那之前姬川外出尋找野際，所以竹內以為那時姬川是因為放棄尋找而回到「電吉他手」來。但是……

「是真的嗎……？」

真的是那樣嗎？姬川真的是那個時候剛回到樂團練習中心的嗎？

在不知不覺中，姬川出現在倉庫。

在不知不覺中，姬川站在竹內他們身後。

如果是幽靈的話，想出現在哪裡都可以，但是姬川是活生生的人。活生生的人要突然出現在某個地方，只有兩個方法。第一個方法很簡單，只要不要讓周圍的人發現，偷偷靠近即可。出現在竹內他們身後的姬川，就是這樣。應該是這樣。然而，還有另一個方法。

那就是——

一開始人就在那裡。

某種想像突然闖進竹內的腦海裡。但實在是太可笑，所以竹內立刻就想否決。可是他做不到，怎麼也做不到。被大鼓堵住的倉庫入口。竹內他們推開那道門，走進倉庫時，姬川是不是早就在裡面了？是不是一直潛伏在黑暗中？姬川會不會是和竹內及谷尾一起走出樂團練習中心後，又偷偷溜回來，潛進倉庫裡，接著殺了光，偽裝成意外，讓電源跳電，導致電燈打不開，然後等待竹內他們走進倉庫？他趁著一片黑暗，偷偷走到竹內他們身後，假裝自己**才剛從外面回來**。

「辦得到嗎？這種事……」

當然不可能。就算他想這麼做也不可能成功，因為當時樂團練習中心裡還有桂在，桂並沒有外出找野際，當時姬川要她留下來，因為野際有可能回來。偷偷溜回樂團練習中心，不讓坐在等待區的桂發現地走去倉庫，這種事怎麼可能……

不，等等。

「鐵捲門……」

那個倉庫有道對外的鐵捲門。姬川可以藉口說要去找野際，走出大門後繞過建築物，從那道鐵捲門走進倉庫。雖然上了鎖，但是只要他出聲呼叫，在裡面的光一定會幫他開門。據隈島所說，鐵捲門是從內側上鎖，而鑰匙放在光遺體的口袋裡。要這麼做很簡單。姬川之所以要桂留在等待區，也許是要利用她來證明自己並沒有回樂團練習中心。沒錯，這麼想的話，電燈開關的事也說得通了。姬川在設計讓電源跳電時，將電燈關掉了，因為要是留在樂團練習中心的桂突然去倉庫的話，就會透過小窗看到一切，包括光的遺體以及將音箱的插頭插上大龍頭的姬川。而在跳電後，姬川忘了打開電燈開關了。

這個想法簡直不可思議，實在很可笑。為什麼姬川要殺光？光和姬川交往很久了，雖然兩人都很內斂，外人不清楚他們的相處狀況，然而真的無法想像他們之間會出現什麼問題，嚴重到讓姬川想殺害光，再偽裝成意外。

但是……

有一件事讓竹內非常在意。

一星期前，在「電吉他手」結束練習後，有隻螳螂在樂團練習中心門口的人行道上，腹部冒出了一隻很噁心的線形蟲。沒想到姬川突然踩死牠們。非常唐突，完全無法理解的行為。竹內第一次看到那樣的姬川。那個時候姬川的模樣像腫瘤一樣，至今仍殘留在竹內的腦中。

有一種叫做反社會人格障礙（ＡＰＤ）的人存在。

在平塚當精神科醫師的姊姊曾提過。這不是精神病，只是人格異於常人，以前稱為精神病質（Phychopath）。因為家庭等問題，在成長過程中受到很大的精神壓力時，導致此種人格障礙的比例很高。在姊姊工作的大學附屬醫院，十幾年前曾發生過剛結束ＡＰＤ治療的患者犯下殘酷殺人事件的案例。

聽說姬川在很小時，父親就去世。而他和這個世上唯一的親人，也就是母親之間的關係也因為父親之死而崩毀。不止如此，竹內從高中時代就常覺得姬川對於自己家人的事情**有所**隱瞞，而他想要隱瞞的**事情**對他的心靈造成很大的壓力。竹內無法具體說出是什麼，但是在姬川的成長過程中，那件事很可能帶給他的精神某種不好的影響。

「那傢伙……」

竹內呆站了好一陣子。

最後他迅速回頭，朝宇都宮線的月臺衝去，背著ＭＴＲ的背包在肩膀後方發出叩叩叩的聲響。

他立刻在人群中發現谷尾的黑色貝斯袋。他正好和其他乘客要搭上剛到站的電車。

「谷尾，喂！」

回過頭來的谷尾一臉驚訝，不過他馬上離開電車門，朝竹內走去。

「竹內，怎麼了？」

電車車門關上離站，谷尾只是瞄了一眼電車，隨即又回頭看著竹內。

「抱歉，谷尾，我怎麼也……」

竹內很快地將自己剛才所想的事情告訴谷尾。谷尾不發一語地聽著他述說，而且從中途開始露出不可置信的表情。

「當然我也不是真心那麼想，亮怎麼可能殺了光，但是……」

「說不是真心……你不是馬上衝到這裡來了嗎？」

谷尾的目光中明顯帶著困惑，因為一時之間，他不知道自己該採取怎樣的態度。

「總之，竹內，如果要講那些，我們先換個地方吧，這裡不適合講這件事。」

「沒關係，就在這裡說，如果你覺得站著不好，那我們去那邊的椅子坐著說也可以。」

谷尾抓住竹內的手，打算走去椅子處。

「不，我的意思是這個月臺本身不適合。」

「為什麼？」

「亮搭的高崎線的月臺就在對面呀，要是讓他看到我們偷偷摸摸地在這裡說話，他會誤會吧？」

「怎麼可能會看到我們。」

周圍有許多下了電車的人來來往往，也有許多剛走上月臺的乘客。

「有可能看到的。」不知道為什麼，谷尾的口吻變得很強勢。「我們先走下樓梯吧。」

谷尾率先從月臺走下樓梯。當竹內追上來時，谷尾面朝前面對他說：

「原來是這樣……你是因為那個電梯的故事而想到的吧？」

「為什麼**這麼說**？」

「因為我跟你想過同樣的事。」

竹內不由自主地望著谷尾的側臉。「什麼時候？」

「剛才大家走進倉庫的時候。所以那時我才會問隈島警官鐵捲門的事，問他鐵捲門是否上鎖了，鑰匙在哪裡……。雖然似乎沒什麼參考價值。要是亮真的從鐵捲門進去，後來又直接躲在倉庫暗處的話，鑰匙當然是放在光的口袋裡。」谷尾強調地接著說：「只是，我跟你一樣，並不是真的懷疑亮，只是茫然地想著也有那種可能性而已。只是這樣而已。」

谷尾帶著竹內走到車站內人潮稀少的角落，卸下肩上的貝斯袋立在地面上，雙手交叉放在上面看著竹內。

「不管如何……現在能說的是，**那個狀況下只有亮有機會殺害光**，但是實際上是不是亮幹的，那又是另當別論了。所以繼續想像下去沒有任何意義。」

「是這麼說沒錯啦……」

「總之要冷靜，竹內。」谷尾安撫著說：「我們倆這麼激動也無濟於事吧，再看看情況吧。要真的是亮幹的，我想也無法一直隱瞞下去，偽裝成意外的命案總有一天會露出破綻，無數的推理作家早已證明這個道理。」

然而這樣的安撫卻沒能讓竹內冷靜下來。

「那麼谷尾，我們來找**亮沒幹**的證據吧。好不好？就這麼辦吧。找到證據的話，我也能安心。因為總不能找當事人問……」

「可能是證據的東西，倒是有一個哦。」

「咦！」竹內驚訝道：「有亮沒幹的證據嗎？是什麼？」

「就在那裡。」谷尾指著竹內的手。

「我的手……？你想說什麼？」

「你回想一下。發現光的遺體時，你不是跟桂一起摸過光的身體嗎？」

「有，我們想將她從音箱下面拉出來，因為當時不知道她是否還活著。」

「當時你有什麼感想？」

「我覺得已經死了，光已經死了。」

「為什麼？」

「為什麼？一摸就知道啊，光的身體已經完全冰冷——」

講到這裡，竹內懂了。

「沒錯……完全冰冷了。」谷尾接著說：「對吧，遺體冰冷，也就是說已經死亡一段時間了。如果亮是假裝外出找野際大哥，從鐵捲門進入倉庫殺害光的話，我們發現光的遺體時，她應該才死沒多久，身體不應該是冰冷的。」

「對哦……」竹內幾乎被說服了，但是他再度對谷尾說：「可是谷尾，這能算是證據嗎？那個時候倉庫裡並沒有開暖氣吧？所以也有可能死後身體立刻變得冰冷，不是嗎？」

「也有可能。」

「那麼……」

「只要確認一下就知道了吧，確認光的死亡推測時間。」

谷尾從大衣口袋拿出錢包，從裡面抽出一張紙片，那是剛才隈島在「電吉他手」遞給他的名片。

「問隈島警官吧，大致的情況現在應該已經知道了吧。」

「啊，我去問嗎……？」

「想知道的人不是你嗎？」

雖然有點猶豫，不過如果能讓自己的心情冷靜下來的話，還是做吧。竹內拿出手機，撥了名片上的號碼。接電話的是女性，說隈島還沒回去，竹內表示想聯絡上隈島，於是對方留下他的電話號碼。電話才掛掉沒多久，隈島便以手機回電給竹內。

「竹內老弟嗎？聽說你打電話給我？」

「啊，對，那個，我想啊，有點事想請教，能耽誤你幾分鐘嗎？」

「沒問題，我在醫院外面打的。」

對哦，隈島說要帶桂和小野木到醫院去看光的遺體。

「驗完屍了嗎？」

「驗了，因為醫生正好有空，在你們離開『電吉他手』前已經……」

隔了幾秒。

然後隈島以慎重的口吻問：

「……為什麼要問這個？」

「沒有，那個，我只是很在意光是何時死亡。只是想知道而已，如果可以的話，能不能告訴我……」

隈島再度沉默。這次隔了很久的時間，才再度開口。

「報告說可能是下午四點左右。」

「四點……」

聽到這個，竹內頓時安下心來。四點的時候，他們才正在練習室開始練習。

姬川果然沒有殺光，他沒有潛藏在漆黑的倉庫裡。

「謝謝你，幫了我一個大忙。」
「幫忙？」
隈島摸不著頭緒地反問，然而竹內沒有多說，只是再度道謝後便掛掉電話。
「喂，谷尾，聽說是四點哦，光死亡的時間。」
然而不知道為何，谷尾還是一臉陰沉。
「是嗎……」
「怎麼了？這不是好消息嗎？」
「是沒錯……」
「還有什麼疑點嗎？」
「不是，不是那回事。」
「怎麼了？你說啊。」
「沒事。」
「說！」
谷尾愁眉苦臉地嘆了口氣。
「好吧，我說。竹內……四點正好是我們剛進練習室的時間吧？」
「是啊，正好是那時候。」
「你還記得嗎？今天剛進練習室沒多久，亮做了什麼事？」

「亮做了什麼事……」竹內重複谷尾的話，回溯起記憶。「對了，他很罕見地去了趟廁所。」

「不，不對。」谷尾的眼神陰鬱，輕輕地搖搖頭說：「正確來說，是說要去廁所，但是是否真的去了，就只有本人才知道了。」

「也就是說……」

竹內接不下去。

谷尾嘆息著說：

「也就是說，他也有可能是去了倉庫。」

(!)

第四章

我兒子完全靠不住
他總是把自己藏在樹與樹之間
走出來總是做壞事
真希望他至少像一般人　對吧
真希望他至少像一般人　對吧

——Sundowner "Don't Push, Don't Pull"

（1）

人生就像是藝術作品的模仿。

姬川終於想起以前野際針對人生的評語。在姬川不經意感慨自己早已不是年輕小伙子，卻還在繼續模仿樂團，覺得很空虛的時候。

——那是某位和希區考克（Alfred Hitchcock）很熟的美國作家寫下的話。

野際在「電吉他手」的等待區陪姬川喝咖啡時，彷彿自言自語似地說道。

——或許他說的沒錯，也許人們都在模仿著某時某地看過的電影啦、畫啦，或是聽到的音樂之類的在過日子，不管是故意還是不自覺。

——那樣過日子，漸漸老去，有什麼意義呢？

聽到姬川這麼說，野際似乎很意外地抬頭回答說：

——有啊。因為模仿是為了創造個性的手段。

——手段？

——所謂個性，是不努力去模仿什麼就絕對無法獲得的東西哦。即使一開始打定主意要創造自己的獨特性，事情不會那麼容易的，不論是音樂、畫畫，或人生都一樣。

真的嗎？

——是用心模仿。

看著梵谷的模仿畫，父親也說了同樣的話。

——只要用心模仿，就能理解那個人真正想做的事。

現在，姬川在想，自己和二十三年前的父親做了同樣的事，努力地模仿。而在最後的最後，自己和父親將面對的罪又會有什麼樣不同的結果呢？

「電吉他手」發生命案的第三天即將結束。星期三的今天，姬川請假參加在市內殯儀館舉行的光的告別式。在嚴肅的事務工作進行時，姬川看著端坐在人數極少的親屬區的桂。她坐在父親身旁，聆聽著和尚的誦經聲，挺直著腰桿，動也不動，彷彿連呼吸都停了，而那雙宛如籠罩著薄霧的眼眸只是凝視著裊裊升起的香的煙。

隨著其他弔唁者一起離開會場時，姬川最後再一次看了桂。桂也看著姬川。然而兩人交纏的視線馬上被來來往往的黑衣人遮住了。

「亮，你接下來有事嗎？」

姬川正打算走出殯儀館正門，被竹內叫住。谷尾也在旁邊。姬川知道他們來參加告別式，然而他們彼此坐得很遠，所以並沒特別交談，只有一度相互輕輕點頭示意而已。

「有時間的話，能不能陪我們一下？三個人聊聊吧。」
「光的事嗎？」
「啊啊，對。」竹內笑得有點僵硬。
姬川有點猶豫，最後還是搖頭說：
「抱歉，今天我想一個人，有些事情需要好好想一想。」
「但是，亮……」
谷尾制止了竹內。他瞄了竹內一眼，對姬川說：
「雖然說這個也無濟於事，不過，別太難過，如果覺得痛苦，就打電話給我們吧，我們什麼都願意聽你說。」
姬川點頭。谷尾筆直凝視著姬川的眼睛說：
「如果有什麼能幫上忙的，隨時來找我哦。」
谷尾催促著竹內，兩人離開了殯儀館。
目送著他們穿著不曾看過的喪服的背影，姬川想起三天前晚上的事情。
接到竹內的電話時，時間已經快過深夜一點了。正好是那通奇妙的電話掛掉後十分鐘左右。姬川在黑暗的房間裡一逕凝視著手機蓋還沒闔上的手機，手機再度響了起來。他僵著身體確認螢幕。不過這次不是顯示「無來電顯示」，而是「竹內耕太」。姬川這才放下心，按下通話按鈕。

——亮，還沒睡嗎？

——還沒。

那晚，竹內擔心姬川，說了和剛才谷尾一模一樣的話。他說，光的死一定給你很大的打擊，如果有可以幫上忙的地方儘管開口。那時竹內說的最後一句話也和剛才谷尾說的差不多。

——隨時來找我哦。

只是，縱使是多年好友，也有幫不上忙的事情。姬川簡短道謝後便掛掉電話。

走出被龍柏樹林包圍的殯儀館時，姬川發現視線一隅有道龐大的人影在晃動。

「我等你好久了。」

是隈島。今天他好像是獨自前來，沒看到西川。

隈島撫著半白的頭髮，面帶微笑地靠近。

「因為擔心我，所以來嗎？」

姬川帶著諷刺地說。

「我這個人很愛擔心，改不了。」

隈島瞇眼笑著說。他的表情真的就是那個意思。

「關於光的意外有什麼新發現嗎？」

「嗯，只有一些。」

「是什麼呢？」隈島的臉上仍帶著微笑，沉默地盯著姬川好一陣子。他緩緩眨了幾次眼後，單手環圈放到嘴邊，然後湊向姬川說：「能不能陪我一下？」

還以為他是要去喝酒，結果不是。

「附近有一家店的咖啡很好喝。」

「謝謝你的好意，但是今天——」

「是很重要的事情。」

隈島微笑的眼眸深處剎那間閃過銳利的目光。

「這裡的咖啡連西川都說好喝哦，他老家在町田開咖啡豆專賣店的。」

隈島穿著大衣，手肘拄著櫃檯，啜了一口黑咖啡。咖啡杯被他手指又粗、毛又濃密的手一拿，看起來比姬川的小很多。

「西川有點怪，你有沒有這種感覺？」

「是啊，有點。他似乎……很喜歡工作。」

「他的自我要求很高吧。」

隈島望著咖啡杯口冒上來的煙。

「他跟他老家的父母似乎處得不是很好。我是沒見過他父母，不過聽說他父母生活態度很懶散，西川從小就很討厭很討厭那種態度。真了不起的孩子。看到他父母的樣子，他很小就決定自己絕對不能成為懶散的人。」

「所以來當刑警嗎？」

「應該是吧，」隈島微笑著說：「看到他，我就會想起我兒子，想著不知道那孩子是不是也像他那麼努力。我兒子也是刑警……」

「我以前聽你說過。」

隈島的兒子好像在神奈川縣的管區服務。

「我兒子每次看到我都會這麼跟我說。他說他不是因為模仿父親才當刑警，而是基於自己的想法選擇了這份工作。我兒子跟我不一樣，他很認真在準備升級考試，我想他大概想在年輕的時候就超越我現在的職位吧。過去我總是忙於搜查、搜查、搜查，一直都很忙，根本沒時間準備升級考試，沒想到一下子就到了退休年紀。」隈島喝了一口咖啡，凝視著咖啡杯裡面。「兒子是不是都不喜歡模仿父親呢？」

隈島究竟想說什麼？從他的側臉無法看出他的真意。姬川拿起咖啡杯就口，假裝漫不經心地喝著，然後開口問：

「你剛說的重要的事情是什麼？」

隈島抬起似乎剛打瞌睡醒來的臉。

「是關於光小姐的解剖結果。那個星期天在和你們分手之前，其實我們就已經知道這件事了。」隈島將咖啡杯放在櫃檯上，看著姬川說：「她懷孕了。」

那是姬川早就預料到的話。他點頭，靜靜地說出準備好的說詞：

「是我的孩子。」

隈島有點驚訝地盯著姬川的臉，最後只說了句：「這樣啊。」便轉頭面向櫃檯。

「她似乎打算墮胎，我們確認出她預約了婦產科，而且光小姐死亡當天，我們從她放在樂團練習中心辦公室的皮包裡，找到了墮胎同意書。」

「上面有我的簽名吧。」

「對，意外發生的一個星期前你簽名的那一張。」

「她遺體的口袋裡應該還有錢吧？」

「啊啊，有。那是你給的？」

姬川點頭說：

「是墮胎的費用。」

「這樣啊，原來如此，終於搞懂那筆錢的意思了。」

好一陣子，隈島只是帶著有點顧慮的表情，不斷敲著自己的頭。

「你要跟我說的，只有這件事嗎？」

姬川很想快點離開，一口氣喝光剩下不多的咖啡。他將咖啡杯放在櫃檯上，摸索著放在胸口口袋裡的錢包。然而就在他聽到隈島下一句話的瞬間，手突然僵住了。

「光小姐之死也許不是意外。」

那一句話彷彿冷水，灌進姬川耳裡。

姬川的右手就這樣停在外套的胸口處，緩緩轉頭面向隈島，他小心翼翼地不露出驚訝以外的表情——恐懼的表情。

「什麼意思？」

「詳細的解剖結果昨天出爐了。關於光小姐的死因，也就是後腦杓的傷口，那個好像不是因為音箱倒塌撞擊所造成。」

「也就是說……」姬川迅速尋找適合的話：「光有可能是被其他東西敲擊到頭嗎？」

「不，不是那個意思。是我的表達用詞不對。——光小姐後腦杓的撞擊傷就傷口的形狀來看，應該是那臺音箱沒錯，只是，傷口的程度有點問題。」

「什麼問題？」

「以重一百公斤的東西倒塌撞擊形成的傷口來看，頭蓋骨的凹陷太過嚴重了。」

彷彿神經被切斷一樣，姬川的手腳突然沒了感覺，他無法立即回話。

「這也是一種可能性，譬如……某個大人站在那臺音箱的後側，以自身的力量全力撞倒那臺音箱的話，也許就能造成那種程度的頭蓋骨凹陷。醫生是這麼說的。」

這時隈島彷彿要安慰他似地瞇起眼睛說：

「但是亮，我再說一次，這只是有可能而已。就現今的技術，還無法計算出朝著頭蓋骨壓下去的東西的正確重量。」

隈島說完後便沉默了，只是望著自己放在櫃檯上的拳頭。

隈島為什麼要對自己說這些呢？

為什麼故意等在殯儀館門口，邀姬川喝咖啡，告訴他光的解剖結果呢？

(2)

那天晚上，姬川站在桂家門口等她。就像父親盯著牆壁看一樣，他也筆直看著前面，盯著一整排漆黑的房子。

——我做了正確的事。

父親說過的話不斷重複響起。最後，那句話彷彿盤據在腦裡的腫瘤一樣日漸巨大，配合姬川心臟的跳動，在頭蓋骨裡不斷傳來回音。我做了正確的事。做了正確的事。做了正確的事。做了正確的事。

九點過後，聽到一陣緩緩爬上樓梯的腳步聲。

「……姬川大哥。」

穿著喪服的桂在日光燈閃爍的走廊上停下腳步，不解地看著姬川。她的手上除了一個黑色手提包之外，什麼都沒拿。

「——光呢？」

姬川問。

「啊……牌位在越谷的親戚家。詳情我也不清楚，總之姊姊就被帶到那裡去了，他們要我今天先回家休息。」

「是嗎……」

「你什麼時候來的？」

「很早。」

「你在等姊姊嗎？」

姬川曖昧地搖頭。

他緩緩靠近桂。然而她卻避開姬川，開門走進漆黑的房子裡。姬川轉身走近門，門就在他眼前靜靜地關上。他無法出聲，桂的名字掠過姬川的喉頭，消失了。

但就在門即將全部關上的前一秒鐘，門內伸出一隻露出喪服袖口的手，粗暴地抓著姬川的大衣，將他拉進門內。長時間站在寒冷的走廊上，姬川幾乎冰凍的雙腳踉蹌了一下。回過神來時，他人已經跪在玄關內側。背後傳來啪地關上門的聲響……下一個瞬間，姬川的頭已經被用力摟靠上桂的腹部。她細細的雙手抱著姬川的頭。

「我知道。」

桂微弱的聲音顫抖著說：

「我全都知道。」

從窗外照射進來的月光投射在床旁邊的玻璃桌上。桂的鼓棒滾在上面，分占兩頭。在桂的手上自由自在地揮動時，兩根鼓棒看起來就像礦物結晶一樣堅硬，又彷彿空氣一樣輕柔，然而這麼近距離看到時，它們的表面粗糙到讓人難以置信，看起來非常脆弱。

姬川想起二十三年前看到的水彩顏料的軟管。

姊姊死後幾天，她的女導師將姊姊在學校使用的物品全都裝進紙箱，送到家裡來。箱子裡有一組軟管水彩顏料。姊姊有時候會帶回家來畫畫，因此姬川對這些畫材也很熟悉。姊姊使用的時候，那些樹脂製的軟管每一支看起來都閃閃發光，真的看起來閃閃發光。姬川心裡總是想，如果能用那個的話，自己或許也能畫出一手好畫。然而姊姊死了，和姊姊天人永別後，那些軟管頓時變成另一副模樣，硬掉的顏料黏在上頭，寫著顏色名稱的四角貼紙也掀角斑駁，醜陋不堪。那讓姬川非常難過，至今他還記得。

「聽說這種石頭……」

聽到桂的聲音，姬川的視線轉了回來。

「會隨著月亮的圓缺改變顏色。」

桂的樣子就像一尾被打上岸邊，翻著魚肚的小魚。仰躺著的她也不蓋棉被，雙手無力地放在身體兩側，靜靜地呼吸著。在她的胸前閃耀著光芒的是那顆月長石。

「但是我覺得應該是騙人的，我從來沒見過它變色。」

桂將石頭放在掌心輕輕舉高，彷彿想拿石頭遮住月光。桂的手掌上貼著一塊藥用膠布，大概是被鼓棒磨出來的水泡弄破了吧。從石頭表面反射的月光，將有點髒的藥用膠布照耀出白色光芒。

桂輕輕將月長石放回胸口。

「聽說人死前像這樣將石頭放在胸口，那個人的靈魂就能升上月球。」

「那應該也是假的吧？」

「我想也是。」

桂看向姬川說：

「要不要一起死？」

姬川點頭。

桂盯著姬川的臉，緩緩地眨眼，接著很突兀地說：

「那一天……在練習室練習完之後，谷尾大哥本來想去倉庫叫姊姊，對吧？」桂的眼眶滲出淚水說：「那時候你制止了他，制止了谷尾大哥。」

姬川輕輕搖頭說：

「我不記得。」

「是你做的吧？」

她的聲音跟剛才一樣，冷靜且沉著。

「是為了我嗎？」

姬川無法回答。他錯開視線，凝視著玻璃桌面。兩根鼓棒在姬川的眼裡扭曲變形。

「我要對你坦白。」

桂微微動了動，床發出聲音。

「你知道那一天我最難過的事情是什麼嗎？」

「光離開這個世界？」

「不對，」桂回答說：

「是我並不覺得難過。」

講到最後，她微微顫抖。

「姊姊死了，我卻不覺得難過，一點也不難過。這件事——是我最難過的事。」

聲音在中途斷了，變成輕聲嗚咽。就算想要壓抑再壓抑，還是無法抵抗湧上來的強烈情感，縱使如此，桂還是拚命地想抵抗，擠出斷斷續續的聲音說：

「姊姊知道……知道我一直愛慕著你……姊姊會對我說……她以什麼姿勢跟你做……她每次都故意對我說這種事……」

姬川說不出話來。

「所以我不難過……所以我難過……」
姬川擁著桂。這讓桂顫抖得更加激烈，雙手緊緊抓著姬川。最後她放聲大哭，如同小孩子受傷時一樣，在姬川的懷裡放聲大哭。

（3）

桂告訴姬川獨角仙的事：
「小時候我跟姊姊、爸爸三個人曾去橡樹林抓過獨角仙。」
雖說是樹林，其實只是被田地與民房包圍住的小地方而已。
「草叢裡有很多看不見的蟲在叫，我們聞著酸酸的樹液味，在安靜的樹林中，說話的聲音特別響亮。」
結果最後好像沒抓到獨角仙。
但是有熊，桂說。
「——熊？」
「葉子突然動了。我跟姊姊看到，覺得是熊，兩個人都很害怕。父親也故意很嚴肅地看著那邊，想要嚇我們。」

將月長石放在胸前，桂微笑望著天花板。笑中帶淚說：

「那個時候我非常喜歡姊姊，也非常喜歡爸爸，所以當他們兩人手牽手先走掉時，我真的好難過。」

「他們兩個先走了？」

「姊姊跟爸爸從以前感情就非常好，也許因為我跟姊姊差了五歲，做什麼都動作很慢吧，所以爸爸總是跟姊姊比較好，他們常常手牽手去散步，在家裡看電視時，兩個人也黏在一起。爸爸在家這件事已經很罕見，所以我總是忍著不哭。」

桂對著姬川笑了。

「因為那樣，我開始慢慢討厭起姊姊。我是個長不大的孩子，現在也是。」

「那麼……妳為什麼會和光一起生活呢？」

「高中畢業時，我考慮過要和姊姊分開生活，可是我怕一旦那麼做之後，我就再也不會喜歡姊姊了。媽媽走了，爸爸也不回來……我只剩下姊姊，姊姊也只剩下我了……」

桂的話說到一半就戛然而止。

姬川伸手觸摸月光下桂的頭髮。彷彿光線被過濾，只留下蒼白的冰冷，桂的頭髮沁涼如水。鼻尖傳來令人懷念的味道，甜甜的姊姊的味道，姬川最愛的姊姊的味道。他將桂擁進懷裡，閉上眼睛。

人在睡覺時也許是最任性的。

再度張開眼睛時，姬川這麼想。

某人悄悄進入被窩，深怕吵醒睡在旁邊那個重要的人，然而卻在不知不覺中打起震天鼾聲，給對方帶來困擾。某人為了怕小貓冷，於是抱在自己身旁睡，沒想到隔天一起床，那隻小貓已經被壓在胸膛底下，全身冰冷沒了性命。

姬川則是在還有知覺時，便放開緊緊擁在懷裡的桂，獨自趴著睡。

「你都是那樣睡的嗎？」

聽到呢喃聲，姬川抬起頭。桂依舊躺在姬川閉起眼睛時的地方，一樣還是側身面對著自己。

「從以前就是這樣。」

姬川看了看枕邊的時鐘。藍色的電子數字顯示著深夜三點四十二分。

「從小？」

「對，我總是像這樣趴著，雙手食指塞住耳朵睡，不過現在不會了。」

「為什麼要把手指塞住耳朵？」

「我害怕聽到在一樓的父母說話的聲音。」

姬川老實說。父親的居家安寧療護、母親的憔悴、每到晚上就傳來的低沉爭吵聲，以及母親的啜泣聲。不過姬川還是沒提起自己有個姊姊，以及姊姊已經不在了的事情。

「所以不知道從何時起，我就習慣塞著耳朵睡在雙層床上鋪。這樣我會因為安心而睡得比較好。」

姬川回想起以食指塞住耳朵，閉起眼睛，隔絕傳來的聲音，努力想著好玩及有趣事情的夜晚。

「但是，有時候怎麼也睡不著。我同情父親就要死了，憐憫母親不再笑了——這種時候我就會像這樣將枕頭墊在下巴下面，稍微抬起頭張大眼睛。」

姬川將旁邊的枕頭拉過來，塞進下巴下方。

「這樣正好能從床架中間看到畫。」

「——畫？」

「我貼在牆壁上的畫。我畫了畫冊上的蛋頭憨博弟。我很不會畫畫，只有那幅畫得很好，我很喜歡。」

所以姬川將其中一張貼在房間牆壁上。每到夜晚，窗外照射進來的月光正好照在上面，彷彿美術館展示的作品。越過床架望著斜下方自己畫得很漂亮的蛋頭憨博弟，姬川心想，也許自己也有像母親及姊姊一樣的才能，這想法令他非常雀躍與興奮。現在想想，姬川能畫得那麼棒，只是因為主角的身形非常簡單罷了。姬川畫的蛋頭憨博弟也就是蛋穿著長褲，有一對像荷包蛋的眼睛和眉毛而已。

「當時的我常常模仿姊姊畫畫，但是總是無法畫得像姊姊一樣好……」

姬川的話停在這裡，他偷瞄了桂一眼。桂哀傷地笑著說：

「原來你有姊姊。」

姬川僵硬地點點頭，盯著桂有點像姊姊的臉看。

「我知道你不是獨生子。」

「——為什麼？」

「因為你剛才說『雙層床』。」

的確，一個人不會睡雙層床。

「你姊姊現在人呢？」

「不在了，」姬川回答說：「小學三年級的聖誕節那天，她從二樓窗戶摔下來死了。後腦杓撞上庭院裡的石頭，看起來就像睡著一樣——真的像睡著一樣地死了。」

接下來好長一段時間，姬川和桂都沉默不語。桂的身體到現在還在月光的照耀下，真不可思議。都已經過了好久了，桂的身體卻如同配合著月亮移動一般，籠罩在白色光線中。

「姬川大哥。」

桂撐起上半身。她以強烈的目光盯著姬川，毅然決然地說：

「能不能拜託你一件事？」

(4)

「……亮？」

十幾年不見的男看護卑澤在大廳看到等著他的姬川時，神情很高興。超過四十五歲的他已經有了白髮，下顎也多了許多肉，只不過還是看得出他帥氣的昔日風貌。

「服務臺說『姬川』來訪，我心想該不會是你吧。沒想到你已經長這麼大了，亮。」

卑澤的上半身微微往後傾地眺望著姬川全身，不斷地叨念著。他的用詞也是中年人才會說的。姬川看他別在白衣胸前的名牌，知道他已經當了護理長了。

「對喔，亮當然已經成年了，因為我在這裡工作也二十五年了呀。」

「很抱歉，在你這麼忙的時候來找你。」

「沒關係沒關係，三點了，我正好要休息。喝咖啡嗎？喝一杯吧。」

卑澤將姬川帶到大廳角落，在自動販賣機前買了咖啡請他。情況就和姬川帶著手指受傷的母親前來急診時一樣。

「看你的臉色不太好耶，工作很忙嗎？」卑澤喝著咖啡，端詳著姬川說道。

「嗯，最近有點忙。」

「今天休息嗎？你在公司上班吧？」

「是啊，我今天休有薪假。」

「偶爾也要這樣好好休息一下比較好，要保重身體啊。」

卑澤滿懷感慨地嘆了口氣。

「——今天有事嗎？休假時專程來看我這張故人的臉嗎？」

卑澤拍了拍自己的臉頰。

「那也是原因之一，不過卑澤大哥，我其實是有件事想拜託你。」

姬川從大衣口袋拿出一張紅色門票，門票的正中央以黑字印著大大的「好男人」字樣。

「我希望你能來聽我們的演唱會。」

那是昨晚桂提出的要求，她希望能按照預定，星期天在「好男人」舉辦演唱會。

——為了姊姊，我希望能如期舉行。

桂非常認真。

——這次的演唱會應該是最後一次上臺吧。

這點姬川也有同感，也許只是時間的問題。

——好。

姬川靜靜地點頭。

今天一大早，姬川打了電話給谷尾和竹內。當姬川說想要如期舉行演唱會時，兩人首先擔心的都是桂的心情，不過一聽到是桂提議時，他們兩人馬上就同意了。竹內說會多召集一些觀眾，而谷尾則打電話到「好男人」，好說歹說總算讓他們答應「取消取消」。

姬川來醫院前，去了一趟「電吉他手」送門票給野際。正好隈島和西川也在樂團練習中心，姬川便也送了門票給他們。

——我有票啊。

隈島笑著從錢包裡出示之前姬川在舞屋遞給他的門票。而西川則是出人意料地似乎對現場演唱很有興趣，嗯嗯地點著頭，反覆看著姬川遞給他的門票。

之所以專程來醫院，邀請好幾年沒見的男看護卑澤聽演唱會，並沒有什麼特別的理由，只是很想那麼做而已。也許因為這次發生的事是二十三年前那件事的翻版，所以很希望能讓當時送父親最後一程的卑澤來看自己最後一次的演唱會。也許因為是這個人陪父親走完最後一刻吧，姬川希望卑澤也能陪陪或許今後再也無法堂堂正正站在人前的自己走完這一程。

姬川心想，當初擔任父親主治醫師的那位醫生，要是也能來演唱會就好了。

「哇啊，你在玩樂團啊，星期天我應該可以去，我去拿錢包——」

姬川制止起身的卑澤。

「錢不用了，倒是卑澤大哥——醫生後來怎麼樣了？就是負責照顧父親的那位主治醫師。」

「啊啊，益田醫生。」

卑澤滿臉遺憾。

「他已經去世了，五年……我想想，應該是六年前吧。他罹患了大腸癌。」

「這樣啊。」

姬川輕輕嘆了口氣。其實當時那位醫生年紀就很大了，姬川早有心理準備也許他已經不在人世了。

「他退休後跟太太兩人在家裡過完最後的人生。他和你父親一樣，都想要在自己家裡走完最後一程。你的父親罹癌的位置很差，無法切除；而益田醫生則是年紀太大，考慮到身體的負擔，所以沒有動手術。」

啜著紙杯裡的咖啡，卑澤宛如自言自語般地繼續說：

「益田醫生也有個兒子。因為大腸癌是遺傳性的疾病，所以他兒子一直很擔心自己會不會也罹癌。他兒子也已經過了花甲之年了。」

「畢竟是會擔心吧。」這時，姬川突然想到，開口問：「腦部的癌症不會遺傳嗎？腦腫瘤。」

「不會不會，」卑澤搖頭。「也有因為遺傳因素而導致的腦腫瘤，不過這樣的病例很罕見，你父親的情況不是那種。」

說完後，卑澤一臉懷念地垂下眉。

「你父親也很擔心，他問過我三次哦，問我塔子是不是也可能罹患同樣的疾病。不論我怎麼說不會，他還是很擔心。塔子意外身亡時，我也回想起很多事情，好幾天睡不著。雖然說……我這種難過程度到底比不上親屬受到的打擊。」

卑澤這麼一說，姬川也想起來了。

——真的不會嗎？

他的確記得父親很認真地詢問卑澤和益田醫生。

——以後塔子不會罹患同樣的疾病，對嗎？

姬川還記得自己坐在房間角落眺望著那樣的父親，有點傷心地想著，為什麼父親只擔心姊姊。

「父親真的很喜歡姊姊。」當時感受到的哀傷再度籠罩姬川的心。「問了你三次，說不定問益田醫生更多次。」

「也許吧。一開始我也覺得很不可思議，還曾懷疑過你父親是不是不喜歡你，雖然對你很抱歉。」卑澤輕輕笑了。「不過，那也不是我的錯，我會那麼想也是理所當然嘛，因為我當時還不知道。」

「不知道……？」這句話如同鉤針，緊緊鉤住姬川的心。「你不知道什麼？」

「就是我一直以為你也是你父親的……」

卑澤突然閉嘴，他緊閉雙唇，倏地抬頭看著姬川。

姬川的心怦怦地跳動，接著是如同手指敲打桌面般的細微鼓動。以站在眼前的卑澤為中心，周遭的景色一口氣刷白，消失無蹤影。姬川心底發涼，空氣吸了進來卻吐不出去——因為他直覺地理解為什麼卑澤不說下去了。

卑澤他……

卑澤他到剛才……

還不知道姬川**並不知道**。

純白的視野裡，卑澤的嘴唇有些猶豫地張開了，略微沙啞的聲音從嘴裡傳了出來：

「亮……」

（5）

在滿是水彩氣味的房間裡，母親總是靜靜地坐在以姊姊為模特兒的畫中間，坐在破損的榻榻米上面，彷彿一座表情被削掉的石佛，只是凝視著眼前的空氣。

「為什麼瞞著我？」

姬川站在母親面前，從大衣口袋裡拿出一張摺了四摺的證明書。母親沒有回答，她連臉都沒有抬起。姬川將證明書丟在母親的膝蓋前方，她的視線微微動了動，瘦弱的肩膀發出顫抖。

那是剛才姬川去市公所申請來的戶籍謄本。

「父方跟母方都離過婚，你們兩人都是再婚，姊姊是父親帶進來的，而我是妳帶進來的。」

姬川又問了一次相同的問題：

「為什麼瞞著我？」

姬川知道這樣責備母親很殘酷。根據戶籍謄本上記載的內容，父親與母親再婚時，姬川已出生半年，而姊姊才兩歲，當然無法對如此幼小的孩子解釋離婚和再婚的事情。

隨著姬川與姊姊的成長，父親和母親兩人應該都曾考慮告訴兩人事實，然而卻一直找不到時機。後來姊姊死了，父親死了，姬川長大了，離開了母親——母親應該不是故意隱瞞，只是說不出口而已。但是現在的姬川除了母親之外，沒有可以責備的對象，沒有可以承受他不甘與悲傷的對象。

父親並不是父親。

姊姊並不是姊姊。

他們兩人早就死了，然而姬川的心裡還是充斥著深沉的孤獨感。

姬川倒不是想見親生父親。對於一個完全沒見過面的對象，事到如今姬川根本沒興趣。就算見了，大概跟他也沒話說，只會覺得空虛吧。姬川只是希望失去的重要東西是真的，渴望父親、母親、姊姊和自己是血脈相連的家人。

啜泣聲靜靜地傳來。

母親的臉朝下，布滿皺紋的手指在膝上顫抖。母親上一次在姬川面前哭，是二十三年前。父親死的那一天，母親將額頭靠在父親的被褥上哭了好久。當時的母親哭聲早已深埋在記憶裡，就算在心底拉長耳朵仔細聆聽，也聽不到吧。現在耳邊傳來的母親哭聲——是姬川成年後第一次聽到的。細細的、尖銳的、斷斷續續的，彷彿到處徘徊後，非常疲憊、虛弱的瘦狗發出的嗚咽。

好長一段時間，姬川只是俯視著母親瘦弱的肩膀。哀傷如水滴一般落在姬川的心底，一滴一滴滲透到觸不到的地方。母親一直哭個不停。

「我要辦演唱會。」

姬川拿出「好男人」的門票，放在母親的膝上。

「我進社會後還是繼續玩樂團，其中有兩名團員是高中時代一起玩過來的同伴。上次來妳這裡時，我不是背著吉他嗎？」

母親的嗚咽愈來愈大聲。

「我想，這應該是最後一次在人前表演，如果妳有興趣的話，就來看看吧。比起我一年級時——第一次學成發表會那時候——會好聽許多。」

靜脈突起的手顫抖著緩慢移動，抓住了門票。

姬川背對母親，走向玄關。最後一次回頭時，他看見那個畫框被掛起來了。破掉的玻璃後方，有著姊姊可愛臉龐的聖誕老人微笑著。那是母親要送給姊姊的聖誕禮物。姊姊死的那一天，母親本來要送給她的聖誕禮物，為了沒有血緣關係的女兒而畫的。

姬川走出大門。

好像起風了，淡淡的雲以驚人的速度在空中移動。

＊　＊　＊

「好大的風啊。」

透過窗戶看著流逝的雲，竹內驚訝地開口說。谷尾上半身撐在桌面上，靠近竹內的臉說：

「風怎樣都隨便啦，倒是你，真的做了那種事？」

這是谷尾公司附近的小咖啡店一隅。他在公司接到竹內的電話，竹內問他能不能出來一下，於是谷尾就出現在這裡了。

「做了，真的。」竹內直視谷尾的眼睛，平靜地點頭。

竹內說他在光死的那天晚上，曾經用聲音轉換器變聲打電話到姬川的手機。

「我一定要確認，亮是否殺了光……」竹內快速改口：「不，確認亮是否沒有殺光。所以我打了威脅電話，想測試他的反應。」

「你這種作法實在……」發現自己不自覺地提高音量，谷尾連忙壓低聲量說：「然後呢？你講了什麼？」

「我說，你根本沒去廁所吧。」

「啊？」

谷尾一時間無法理解這句話。不過在腦海中稍微複誦幾次後，他終於搞懂了。也就是說，那一天姬川說要去廁所，藉口中途離開了練習室。可是谷尾和竹內在想姬川是否其實並沒有去廁所，而是去倉庫殺了光，並設計讓倉庫電源跳電後，再回到練習室來。

「你跟他說……你根本沒去廁所吧？」

的確，如果姬川被這麼質問，而他真的如兩人所懷疑的幹了那件事，應該無法平靜以對，應該會有什麼反應。

「亮怎麼說？他怎麼回答？」雖然剛剛才厲聲責備竹內的作法，然而谷尾卻無法忍住不問。

「我說了之後就馬上掛電話了。因為他不可能回答『你說的沒錯』、『不對不對，我真的去了廁所』吧？」

說的也對。

「我是十分鐘後才確認他的反應。我打電話給他，這次不是用無來電顯示，而是顯示了我的手機號碼，當然他聽到的也是我的聲音。那個時候他……」

「有什麼反應？」

「很普通，」竹內回答：「他很平靜。」

「那就不是他幹的吧？真無聊。」

谷尾哼了一聲，探手到口袋裡找香菸。然而竹內接著說的話，卻讓那隻手停住了。

「只是，他……完全沒提到之前的那通電話，他什麼也沒對我說。」

風晃動窗戶玻璃。

「你不覺得奇怪嗎？如果他真的沒做虧心事，為什麼不提之前那通電話？半夜接到奇怪的電話，沒多久又接到我的電話哦，一般人都會講吧？『剛才我接到一通很奇怪的電話』之類的。」

「會說……吧。」

谷尾有點愣住地回答。

那麼，那時候姬川果真沒去廁所嗎？他真的跑去倉庫了嗎？只是，就算姬川沒在接到竹內電話時提到他十分鐘前接到的奇怪電話，也無法證明他說謊吧，這電話也無法成為他殺害光的證據。

別想了，再想下去也沒有意義。

谷尾抬頭說：

「總之……別再做那種事了。」

「我後來也這麼覺得。」竹內別開臉，嘔著氣小聲地說了句：「早知道就不打了。」

沉重的沉默籠罩著他們好一陣子。

竹內茫然地看著自己放在桌上的手，喃喃地說：

「演唱會要如期舉行吧。」

「桂說想辦，也只能辦了吧。就當作是光的追悼會，我會賣力演奏的。」

「是啊，我也會盡量召集觀眾。」

谷尾看了看手表。沒想到已經在這裡待了好長一段時間。

「竹內，我該回去了。」

「還有一件事。」

「什麼事？」

谷尾本來打算站起來了，聽到這話，又坐了下來。

「有個東西想讓你聽聽。」

竹內從夾克胸前的口袋裡取出iPod，放在桌上。他將單邊耳機塞進自己的耳朵，將另一邊遞給谷尾。

「一人聽一耳嗎？」

谷尾雖然有點在意周遭的目光，但還是將耳機塞進右耳。竹內操作著機器，然後按下播放鍵。一瞬間，大音量的史密斯飛船轟地灌進谷尾的右耳，他不自覺地蹙眉，頭也往左邊一偏。

「喂，小聲一點，你要害我重聽啊。真是的，都什麼時候了，我們兩個還在這裡聽史密斯飛船。」

「不是，你聽下去。」谷尾重新坐直身子。

「……你的聲音？」

唱歌的人是竹內。

歌曲是〈Walk This Way〉。谷尾將神經集中在右耳。桂的鼓、谷尾的貝斯、竹內的歌聲。姬川的吉他旋律開始混亂，然後消失。接著鼓聲、貝斯聲、歌聲也像音響的電池沒電了一樣，各自中止演奏。

「喂，這是——」

白噪音。

亮……你還好嗎？

……沒事。

「這是之前練習時錄下來的片段吧？」

竹內無言地點頭。

我可以去廁所嗎？

大號還是小號？

中號嗎？

我先暫停錄音。

不用了，我馬上回來。

竹內將左手放到桌子上，拉高袖子露出手表來。谷尾察覺竹內的意圖，便注視著勞力士手表的秒針。

傳來練習室隔音門關上的聲響。

啊，啊，呃，現在亮去上廁所。

表面上的秒針緩慢移動。

是小號，馬上就回來。

秒針通過十二個數字，然後進入第二圈……十秒……二十秒……

哦，回來了。

谷尾急忙抬頭。

一分四十五秒，姬川中途不在練習室的時間。

「你覺得有可能嗎？」竹內停下iPod的播放。

谷尾拔下耳機放在桌上，緩緩地搖頭說：

「——應該不可能吧。」

僅僅一分四十五秒的時間，姬川需要從最靠近大門的「1」號練習室跑到位於樂團練習中心最裡面的倉庫殺了光，並設計讓總電源跳電，然後再折回來，怎麼想都不可能辦得到。

「我以為他離開的時間會長一點，昨晚我想起有這段錄音，就找出來聽。」

竹內靠向椅背，蹙起眉頭說：

「我說谷尾，那個時候亮果然是去了廁所嗎？去倉庫做了那些事只是我們想太多吧？但如果是那樣的話，為什麼我打電話給他的時候，他沒有提起十分鐘前接到的怪電話呢？」

竹內胡亂抓著自己淺褐色的頭髮。

「昨晚我聽了這段錄音後，已經完全搞不清楚什麼是什麼了。」

谷尾心想。那天姬川的行為有兩個疑點。一個是他們外出尋找野際的時候，姬川是不是繞到建築物的另一邊，從鐵捲門進入倉庫殺了光？另一個疑點是姬川在練習中離開練習室，究竟是去了哪裡？——從隈島口中聽說光的死亡推測時間是四點左右，那麼前一個疑點就不成立了。而剛才他們得知姬川離開練習室的時間不超過兩分鐘，那麼姬川在練習途中離開前去殺了光，又設計跳電這件事應該也不成立吧。

但是……

「兩個同時考慮就沒矛盾了。」

答案很簡單。

「兩個——兩個什麼？」

「跟MTR一樣，要將兩種聲音重疊，只要分別錄音即可。」

應該就是這麼回事吧。

首先姬川在練習時離開練習室，**跑到倉庫殺害光，接著以鑰匙打開鐵捲門，然後馬上回到練習室**。接下來在練習結束之後，藉口說要大家外出去找野際，但他自己卻是從已經打開的鐵捲門潛入倉庫，再從內側將鐵捲門鎖上，把鑰匙放回光的口袋，**直到這時候才開始布置讓電源跳電**。

谷尾將自己的推理告訴竹內。

「——那麼之後，亮就一直藏身在黑暗的倉庫裡嗎？」竹內低聲詢問。

「沒錯。」谷尾點頭。

之後的事情應該就和他們想像的一樣。谷尾和竹內放棄找野際，回到樂團練習中心，連同桂一起走進倉庫。當時潛藏在倉庫裡的姬川從三人的背後出聲，假裝剛從外面回來。

「的確……如果是這樣的話就有可能。既有可能殺了光，也有可能做好跳電的準備工作。」

竹內不發一語地俯視著桌面。過了約二十秒之後，他微微抬起眼看著谷尾問：

「要把這件事告訴隈島警官嗎？」

「不要。」谷尾搖頭。

「不說？」

「不說。」

「什麼也不做嗎？」

「我是這麼打算。」

竹內凝視著谷尾，彷彿想說些什麼。然而過了好久，竹內還是沒把話說出來。大概他也不知道自己想說什麼吧。

「雖然這次說要如期舉辦演唱會的人是桂……」反倒是谷尾開口了：「但是亮會贊成，也許是有原因的。」

「原因？」

「對。譬如……」

谷尾移開視線繼續說：

「對於自己遲早會被警察抓到之類的已經有所覺悟了吧。」

對自己而言也許是最後一場演唱會。——也許就是因為這個想法，姬川才會贊成如期舉行演唱會的提議吧？再過不久，自己就無法站在人前了。也許是這樣的預感讓他決定再度站上舞臺吧？

「我說谷尾，你覺得亮幹的事……會被拆穿嗎？」

看到竹內一臉不安地對著他這麼說，谷尾肯定地點頭。

「警方的能力可不容小覷。」

應該只是時間的問題吧。

警方調查的方向應該離姬川不遠了吧。

望向窗外。灰色的雲仍舊以驚人的速度在空中飛逝。

演唱會當天——會發生什麼不好的事嗎？

突然有那種預感。

（!）

第五章

你終於發現了嗎
你必須下抉擇了
要潛入地底下呢　還是要飛上天呢
所以我不是說了嗎
所以我不是說了嗎

——Sundowner "DDD"

(1)

姬川第一次看到「好男人」的觀眾席客滿。

全都是這三天內竹內想辦法叫來的客人。姬川、谷尾和桂也都找了所有想得到的對象，然而完全無法和竹內的人脈相比。觀眾席上還有高中畢業以來就不曾見過面、令人懷念的同班同學。他們也是竹內到處調查聯絡方式邀請來的。一聽到光去世，這次的演唱會有追悼她的意義在，同學們馬上就答應要來。

姬川覺得這次真的很適合當告別演唱會。

從還昏暗著的舞臺邊緣望著熱鬧的觀眾席，姬川伸手觸摸牛仔褲後面的口袋。小刀堅硬的觸感，他緩緩地以指尖確認。

「還有二十分鐘。」

谷尾來到身旁。姬川趕緊放開右手。

「看到這麼多觀眾，你也會緊張吧？」

「有一點。」

「站在這裡反而更難冷靜，回休息室吧。」

姬川跟著谷尾一起打開舞臺旁邊的門，走進小倉庫般的迷你休息室。坐在裡面的桂和竹內抬頭。門一關上，觀眾席傳來的喧譁聲戛然消失。姬川和谷尾找了椅子坐下。

誰都沒有開口。

今天在這裡集合，不管是在舞臺上簡單彩排，還是在休息室裡等待時，大家都很沉默。姬川不知道是因為演唱會前的緊張心情，還是大家在想著光。

母親會來嗎？觀眾席上還沒看到她。

姬川轉向竹內說：

「竹內，有一件事想請教你。」

「我嗎？真稀奇耶。」

竹內一臉不可思議地挑起眉。

姬川一開口就切入正題：

「有一名小女孩，每到晚上就會夢見兔子，夢中她總是被長得像太空人的兔子捏下腹部。」接著姬川單刀直入地問：「你覺得那是什麼？」

「這是謎題嗎？」

姬川沉默地搖頭。竹內訝異地蹙起眉，後來似乎察覺姬川為何會拿這種問題問自己，開始一臉認真地思考了起來。

子。

「夢……兔子……下腹部……嗎？」

姊姊的夢。像太空人的兔子。姊姊以色筆在地面的圖畫紙上，畫給自己看的神奇兔

「那個女孩子是你朋友嗎？」

「不是。我只是以前曾聽人說過這件事。」

姬川矇騙過去。一聽如此，竹內的表情似乎有點鬆了口氣地說：

「我不能隨便說說，不過其中一個可能性是『合理化』的心理機制吧。」

「『合理化』……」

「那個女孩子說『夢見』，其實那並不是夢。她的下腹部在晚上時是真的被怎麼樣了，但是她自己不想承認，於是在心裡認定『這是夢』。谷尾，你之前也有過類似情況，對吧？就在一個星期前。」

「嗄？喔……你是說那個大鼓的事情嗎？」

「對。那時倉庫門內側被大鼓擋住，你無法推開。雖然你認為自己已經使出全身力氣，但實際上是你不自覺地調整了自己的力道，因為你總覺得門內側的東西是某種高級器材，弄壞就不妙了。然而因為不想承認自己的膽怯，便暗示自己『太重了，怎麼也推不動』。可是實際上我一推，沒兩下就把門推開來了吧？」

「這你之前就講過了。」谷尾怏怏地回道。

竹內再度看著姬川說：

「我想應該是那樣。也就是說，**那並不是夢，是現實**。」

「那兔子呢？那個女孩子並沒有養兔子。」

「可以想到的可能性是——『替換』吧……」竹內凝視著空中一陣子後，舉例說明：「美國曾經發生過吉他之神強暴少女的案件。」

那是發生在十幾年前的案件，內容大致是這樣：

某白人少女被人強暴，少女對進行會談的精神科醫師形容犯人的容貌。**發出綠光的爆炸頭黑人**——她是這麼說的。警方根據少女的證詞，想在她身邊找出符合特徵的人。然而不管怎麼搜查都找不到犯人。

「就在這期間，警方透過別的線索找到了犯人，聽說是犯人自己在酒吧裡對認識的人說溜了嘴。」

犯人是少女的親生父親。

「那麼，發出綠光的爆炸頭黑人是——」

「吉米．罕醉克斯。」竹內說：

「少女被施暴的房間裡貼著吉米．罕醉克斯的海報，是一張綠色燈光從後方照射，吉米彈著吉他的海報……少女被父親壓住頭後，便直直凝視著那張海報。父親不可能做這種事……他不可能對自己做這麼殘忍的事……少女的心中如此認定。所以她將父親從那段暴行的記憶裡刪除，只留下吉米．罕醉克斯的身影。記憶被替換掉了。」

「被替換掉了……」

姬川腦海中響起那天姊姊說話的聲音。

——兔子……

——長得有點像太空人……

姊姊畫的兔子。

直立的橢圓形輪廓上，有兩隻大耳朵。額頭往上的部分被塗成褐色，彷彿戴著帽子，而大大的雙眼下方是明顯的黑眼圈……難怪姬川覺得自己應該知道，應該看過。

那不是兔子。

姊姊悲傷的心將事實換掉了。

「不過，亮，你為什麼提到這個……」

「差不多該上場了。」「好男人」的工作人員從小休息室的門口探頭進來說。

上臺前，桂回頭看著姬川。她凝視著姬川的眼睛幾秒鐘後，突然走近攬住姬川的脖子。就在谷尾和竹內的面前，她保持這樣的姿勢好一陣子。姬川也沉默地將頭湊上桂的脖子。

這酷似姊姊的甜美香味就快聞不到了。

桂輕輕地將唇印上姬川的嘴唇。

「——大爆滿哦，提起勁上場吧！」

谷尾若無其事地說。

（2）

舞臺燈光亮起，觀眾席響起陣陣掌聲。桂從掛在腰上的鼓棒袋中拔出鼓棒，一邊走向爵士鼓。竹內站在舞臺中央，單手放在麥克風架上。谷尾從舞臺上拿起貝斯，將貝斯帶掛在肩上。姬川拿著吉他緩緩地環顧觀眾席。

正面左邊是野際，隈島和西川站在他旁邊。站在後方的高䠷女性是竹內在神奈川擔任精神科醫師的姊姊。離她稍微有點距離的右邊，是一名皮膚微黑的五十來歲男性。那是谷尾的父親，姬川曾見過一面。

也許大家都在模仿別人。

和他們接下來要演奏的歌曲一樣，也許每個人都在模仿著別人過日子。

模仿是為了創造個性的手段。姬川現在似乎能夠稍微理解野際這句話的意思。

姬川的視線移動，他發現觀眾席的右手邊有一道瘦弱的人影。看到那道人影的一瞬間，姬川的心裡湧起強烈的波瀾。哀傷與高興交錯湧進內心。那是母親。母親雙手抱著一個包袱，靜靜地待在觀眾席的角落看著姬川。並不是往常那種毫無感情的眼神。雖然他無法確切讀取，然而母親的雙眼裡的的確確出現了某種強烈的感情。母親打開懷裡的包袱，從裡面拿出姊姊的畫，那一張笑得很可愛的聖誕老人的畫。母親完成那張畫到今天正好滿二十三年。

姬川將吉他帶掛上肩膀。舞臺燈暗下來。在一片漆黑中，桂開始擊八拍。她彷彿要以完全準確的旋律刻畫這一刻。姬川重新握緊彈片，彷彿敲打似地彈出旋律。就在竹內唱出第一聲的同時，谷尾的貝斯加了進來。舞臺上的燈光再度點燃，觀眾席的空氣一口氣升溫。最後的演唱會揭開序幕了。Sundowner將在今天結束。在這毫不起眼的「日落時喝的飲料」之後，會是怎樣的月亮出現在夜空呢？會是像以前照耀著那個蛋頭憨博弟一樣的美麗月色嗎？

不，不可能。

——桂好像是指月亮哦。

桂將會去遠方，去一個不論是姬川、谷尾或是竹內都無法靠近的地方。就快了吧。這是一開始就知道的事情。雖然知道卻還是去做。警方並非無能之輩，姬川一個人的努力根本無法一直隱瞞桂的罪行。

Walk this way

Walk this way

桂殺了光。

如同二十三年前的今天，母親殺了姊姊一樣。

Walk this way

Walk this way

而姬川隱瞞了桂的犯罪。

如同二十三年前的今天，父親所做的一樣。

雖然沒有血緣關係，但是姬川的確感受到與父親強烈的牽絆，自己和父親果然是父子，血緣根本不重要，自己是父親的兒子，因為兩人做了一模一樣的事情。

姬川覺得自己好似被某種驚濤駭浪包圍住。那是記憶的漩渦。姬川的身體彷彿要被吞噬一般地拉離現實，捲入過往。

被宣告不久於人世的父親不顧醫院的反對，選擇了居家安寧療護。

父親知情嗎？他知道母親對姊姊做的事嗎？他知道母親不出聲的瘋狂嗎？他知道母親在半夜潛入兒童房，對睡在雙層床下鋪的姊姊施以令人痛心的虐待嗎？所以父親無法忍受待在醫院裡，即使將不久於人世還是要待在家裡。然而母親卻沒有停止對姊姊的虐待，她在晚上趁著父親不注意，不斷對姊姊從外觀看不到的部分——也是全身最敏感的部位——施以攻擊。

姬川至今仍忘不了，從隈島口中聽到姊姊遺體的解剖結果時的驚訝。聽說姊姊下腹部有無數小傷口，不過隈島說警方並沒查出原因。當時隈島一定曾詢問過父親和母親傷口的事情吧。可是父親在姊姊死後的隔天，意識立刻變得模糊，完全無法回答深入的問題。母親當然怎麼被問都否認。——於是，傷口形成的原因就此不明，時間靜靜流逝。

母親應該是因為父親的疾病才發狂的吧。照顧父親讓她疲憊、對未來悲觀，便將苦痛發洩在沒有血緣關係的女兒身上。

姊姊被虐待時沒有看母親的臉。她別開臉，望向自己所在的上方，目光一直凝視著牆壁。而那裡貼著姬川畫的蛋頭憨博弟。姊姊從雙層床的下鋪反方向盯著照耀在月光下的那張畫。姬川從上鋪發呆地俯視著同一張畫，姊姊也忍耐著痛苦，從下面往上眺望。畫是反的。於是看在姊姊的眼裡，蛋頭憨博弟雙腳變成了耳朵，長褲變成了帽子，眼睛上方的眉毛變成了恐怖的黑眼圈。姊姊在心中記憶的是這張畫。對自己做殘忍之事的人不是母親，是那張臉，是那隻奇怪的兔子，所以這不是現實，是夢境……姊姊在心裡這麼告訴自己。

這就是兔子的真相。

那張畫是竹內曾說過的鼠男。對姬川而言，那是蛋頭憨博弟，而對姊姊而言，那卻是奇怪的兔子。

小學一年級的姬川完全不知道自己床鋪的正下方正進行著那麼恐怖的事情，毫無所知地沉睡著，因為他不喜歡聽到父母的爭吵聲，所以習慣以手指塞著耳朵睡覺，他自己拒絕了所有聲響。

姊姊畫兔子給姬川看的時候，他就貼在姊姊身旁等她畫好。在那之前他原本是和姊姊面對面的，如果那時候姬川站著不動，站在姊姊對面看那張畫的話，一定會馬上發現那是自己畫的蛋頭憨博弟吧。

在彷彿充滿著白色濃霧的那個冰冷的家裡，父親就算選擇居家安寧療護也無濟於事，母親的心愈來愈瘋狂。最後就在聖誕節那天，母親終於將姊姊從兒童房的窗戶推下去。

姊姊應該沒有立即死亡吧。隈島也說如果發現得早，或許還能救回一命。母親走到庭院，確認姊姊的狀態，她心裡一定想著就這麼放著不管的話，姊姊自然會死，所以才會留下在庭院瀕死的姊姊，以及在和室盯著牆壁看的父親，**出門去買要送給姊姊的聖誕禮物**，那個要放姊姊的畫的畫框。

母親之所以在三點整回來，一定是為了要讓那個時間來家裡的男看護卑澤看到自己外出買東西。她的計謀成功了，那天不光是卑澤，連姬川也在卑澤身旁。

然而母親還是失算了。幾乎不離開被褥的父親偶然間走到庭院來。

父親在庭院裡發現姊姊的遺體。接著母親、卑澤，和姬川出現在玄關口。混亂中，父親看到了三個人的身影。就在那個時候，母親脫下自己的大衣披在父親肩上……然後父親看到了。他看到母親脫下大衣後，**裡面白色運動服袖口的血跡**。那個血跡姬川也親眼看到了。彷彿擦過一般，有點模糊的血跡。只是當時還是小學一年級的姬川不懂那個血跡的意義，他很長一段時間都不明白。

那個血跡是母親出門前去庭院確認姊姊的狀態時沾到的。

父親看到血跡的時候，察覺母親犯下的罪，他知道母親將姊姊推下庭院，又放任她死亡。然後，父親在瞬間思考自己應該採取的手段。離死期不遠的自己現在該做什麼？自己死了之後，就只剩下姬川和母親。姬川只剩下母親了。**只剩下殺了女兒的母親**。

父親做出的答案是——隱瞞母親的犯罪。

當時父親能做的事情只有一件。那就是在還沒被發現之前，消滅殘留在母親袖子上的證據。**也就是讓母親的袖子沾上新的血跡**。他讓母親靠近姊姊的遺體，以那雙手抱姊姊的遺體。所以當時父親阻止了要靠近庭院的卑澤和姬川。要是卑澤比母親先靠近姊姊的話，身為護士的他應該會要求母親不要碰姊姊的身體，而且卑澤有可能在此時發現母親袖口的血跡。**沒有觸碰到遺體，為什麼會沾上血跡？**——卑澤會這麼想。要是他之後將這件事告訴警方，母親的罪行就很容易被發現，所以父親怎麼樣都要讓母親最先碰觸到姊姊的遺體才行。

然後，母親走到庭院，就在父親、卑澤，和姬川的眼前飾演**發現女兒慘死模樣的母親角色**。她雙手抱起姊姊的身體，發出哀號。那個時候母親運動服袖口上，殺害姊姊的證據消失了，因為血跡上又沾上了新血跡。

母親應該到現在還不知道父親所做的事吧。她根本沒想過如果父親沒採取那樣的手段，她的罪行也許就會曝光吧。

這就是二十三年前那起案件的真相。

母親隱瞞，而姬川深埋在心底的真相。

姬川是在接近高中畢業典禮時的課堂上，發現母親的犯罪。當時自己看到了母親袖口的血跡，他在偶然中明白了那是什麼意思。雖然直到最近，姬川仍在心底的某處否認那個可能，他不願相信母親會對自己的親生女兒下手。然而三天前的那張戶口謄本，讓姬川心底否認的枷鎖脫落了。

母親是懷抱著怎樣的心情，看著姊姊死後開始不斷模仿姊姊的姬川呢？那對母親而言，就只是拷問。而在不知情中進行拷問的人，卻是自己的親生兒子姬川。

母親會對姬川採取那樣的態度，一定是母親僅能做的贖罪吧。母親拒絕和親生兒子姬川交心，二十三年來不斷地懲罰自己。那是贖罪。非常自私的、母親的贖罪。

Walk this way
Walk this way

這次的事情彷彿是那起事件的翻版。
如同姬川他們的演奏一樣的糟透了的翻版。
殺姊姊的人是桂。
而扮演父親角色的人是姬川。

Walk this way
Walk this way

殺意和殺人之間距離很遙遠。殺意的毒液要透過很多偶然，才會付諸實際。懷孕的事情的確讓姬川對光懷抱著類似殺意的心情，他很想殺了她，很想利用倉庫的音箱或什麼都好，剝奪她的生命。但是，那一天姬川並沒有成為殺人犯。反而是光的親生妹妹桂殺了人。

那天在練習開始之前，桂說要把借來調整雙踏的螺絲起子拿去辦公室歸還，便往樂團練習中心的後面走去。那就是桂殺光的時機。時間是四點前——當時姬川和谷尾、竹內先走進練習室等桂。當姬川看到終於回來的桂時，他顫慄不已。姬川一輩子都忘不了那個時候的驚訝。桂的羽毛外套上沾了血跡，袖口的內側有紅色血跡，就如同那個時候的母親一樣。

練習開始後，姬川察覺到桂打鼓的旋律有微妙的混亂……姬川無法忍受不安，他想消除疑慮，便謊稱要去廁所，拚命衝過走廊，潛入倉庫。而就在那裡，他發現自己的懷疑成真了。

光面朝地板，頭被壓在那臺巨大音箱下，死了。那個時候，二十三年前的事件彷彿倒帶似地在姬川的腦海中播放，而那個影像，有一部分和剛才在倉庫中發生的事情重疊在一起。

走樓梯上二樓兒童房的母親——靠近倉庫的桂。

裝飾著屋簷的姊姊——移動著音箱的光。

完全沒察覺自己的人生即將走到尾聲，姬川和桂的姊姊各自忙著自己手邊的事。有人出聲呼喊，她們回頭。

我來幫忙——我來幫忙。

兩隻伸出來的手——兩隻伸出來的手。

然後是同時響起的兩個聲音。死亡的聲音。無法挽回的聲音。

從樓梯走下樓的母親——從高臺往下走的桂。

母親確認姊姊的情況——桂確認姊姊的情況。

兩名殺人犯都沒發現袖口沾上自己所殺之人的血，面無表情地凝視著虛空。

桂殺光的動機，當時的姬川並不知道。他不知道兩姊妹長年不合，而且也沒多餘的精力思考到那種事情。姬川只是想著一定要隱瞞桂所做的事。那個時候，姬川耳裡響起的是根本不可能聽到的父親的聲音。做同樣的事。做同樣的事。跟我做同樣的事。父親在姬川耳邊這麼持續呢喃著。

必須想辦法將光的死偽裝成意外才行。而且要在其他人發現這具遺體之前，**讓桂的羽毛夾克的袖口沾上新的血才行**。在其他人察覺桂的袖口有血跡之前……姬川在瞬間思考自己應該採取的手段——從光的牛仔褲口袋裡拿出鑰匙，從內側打開通往屋外的鐵捲門的鎖。只有這樣而已。他做了這件事之後便衝回練習室，繼續練習。

兩小時的練習結束後，看到谷尾打算到倉庫去叫光，姬川急忙制止。谷尾就像二十三年前卑澤的角色，要是讓以素人刑警自居的他先發現遺體的話，他一定會叫旁邊的人「不准摸」吧。事實上發現光的遺體時，他的確那麼說了。所以姬川制止了谷尾，絕對不能讓他發現遺體，因為這麼一來就無法讓桂的袖口沾上新血跡了。

姬川能做的事有兩件。第一件是在谷尾發現光的遺體前，讓桂先碰到遺體。另一件是讓光的死被判斷為意外的可能性提高，將倉庫偽裝為「沒有人進去過的密室」。

姬川向谷尾及竹內提議去找野際，然後三個人離開樂團練習中心。那個時候他之所以對桂說：

——演唱會前要是感冒就不好了，記得穿上外套哦。

是因為要是桂觸摸到光的遺體時沒有穿著那件羽毛夾克，那他所做的一切就白費了。如果桂是穿著T恤去觸摸光的遺體，**之後有人看到桂的羽毛夾克上面的血跡**，追究起原因的話，那一切就白費了。

走出樂團練習中心後，姬川迅速繞到建築物後面，從打開的鐵捲門進入倉庫，然後馬上從內側上鎖，再將鑰匙放回光的牛仔褲口袋裡。接著他為了將光的死偽裝成意外，做了兩件單純的布置：第一，為了表示沒有人進去過倉庫，他以大鼓牢牢擋在門的內側。另一件就是為了製造音箱倒下來的原因，他讓高臺邊緣跟坡道之間出現些許縫隙。這兩件工作非常簡單。

之後讓電源跳電，導致倉庫一片漆黑是為了隱藏自己。姬川必須躲在倉庫裡，直到有人進來為止。姬川拉長外套的袖子蓋住手，避免留下指紋，在關掉電燈的黑暗中，利用大龍頭和音箱讓倉庫的電源跳電。接著屏息待在原地。

終於等到桂、谷尾，和竹內用力推開門走進漆黑的倉庫裡。一如他所預料，竹內絆到電線，拔掉入口旁的插頭。姬川假裝成剛走進來，從背後叫他們三個人，然後向谷尾建議找總電源，把他帶出倉庫。

當谷尾打開在辦公室的總電源時，倉庫的燈就亮了。倉庫裡有桂和竹內在。桂會在竹內的眼前衝向姊姊，這個時候，桂袖口上殺害姊姊的證據消失了，因為她的袖口附著上新的血跡。

之後的事情就如谷尾和竹內看到的一樣。

桂看到被大鼓擋住的門以及倉庫內的模樣，一定很吃驚吧。她從那個時候一定就已經察覺到了，她知道是誰做的，為了誰而做的。

——我知道。

在公寓的玄關裡，抱著姬川的頭的桂聲音顫抖。

——我全都知道。

——是你做的吧？

——是為了我嗎？

Walk this way

Walk this way

回過神時，觀眾席的天花板上浮現不可思議的光。白色、朦朧的光。那是什麼呢？瞄向背後，姬川知道光的來源了。是舞臺的燈光從掛在桂胸前的月長石反射出來的。桂的月長石就像姊姊掛在窗邊的那個電燈泡一樣。簡直就像過了二十三年之後，姊姊掛的電燈泡終於亮了。

現在，姬川覺得自己被一股龐大的空虛包圍住。

自己真的和父親做了相同的事嗎？

姬川不知道自己是從何時開始察覺這個問題的答案。

父親知道自己將不久於人世，所以想要保護被留下來的姬川。他隱瞞了「殺害女兒的母親」的存在，將姊姊的死偽裝成意外。這個世界上有比那更悲哀的決定嗎？

那自己是如何呢？自己想保護的究竟是什麼？桂嗎？不。姬川試圖保護的並不是桂。姬川試圖保護的是和桂的關係，他想保護的只是自己。離開練習室，最先在倉庫發現光的遺體時，哀悼及失落感全被壓抑，在姬川心裡昂首而立的是如此自私的決心。

——我做了正確的事。

姬川怎麼也無法說出和父親同樣的話。

姬川彈著吉他，從牛仔褲後面的口袋感受到小刀炙熱的存在。那是在父親腦中扎根的癌細胞。如同二十三年前的癌細胞剝奪父親的生命一樣，今天這把小刀將結束姬川的人生。

——只要用心模仿，就能理解那個人真正想做的事。

試試吧。試試父親曾講過的這句話。用這把小刀。

為了能稍微接近父親。

＊　＊　＊

Sundowner的演唱會非常成功。隈島不懂音樂，然而他覺得這是從他開始聽他們的演唱會以來，最有熱誠的一次，團員融為一體的感覺也打動了聽眾的心。也許因為緊張吧，第一首Walk什麼的曲子，姬川的吉他犯了幾個連隈島都聽得出來的失誤，但第二首以後的演奏就真的是讓人永生難忘。

「還真不賴耶。」

當安可曲結束，舞臺燈光暗下之後，身旁的西川這麼說。總是保持銳利眼神的他，現在看起來像是星期天早上的孩童。

「他們……我得替他們介紹別的樂團練習中心。」

野際矇朧的眼神依序望著Sundowner的團員。隈島也跟著這麼做。

竹內在觀眾席的角落與一名身材高眺的女性談笑風生，兩人似乎是舊識，年紀看上去也相去不遠。谷尾則是板著臉和一名年長男性說著話。隈島好像在哪裡見過那名男性，但是一時之間想不起來。姬川——他在哪裡呢？沒看到姬川人影。是混在人群中嗎？桂還待在舞臺上，坐在爵士鼓的椅子上。她將兩隻鼓棒拿在一起，雙手緊握，一動也不動地凝視著鼓棒。

「……西川。」

隈島轉向西川。他以視線指著舞臺上的桂。西川微微點頭，離開隈島，穿過擁擠的觀眾，筆直盯著桂朝她走去。目送著他的背影，隈島的心情沉重了起來。

隈島是在四天前光的告別式那天，才發現這起意外的真相。光的死並不是意外，她是被殺害的，而且這次的事件除了殺害光的那個人之外，還有一名共犯，企圖將光的死偽裝成意外。那麼，究竟是誰殺了光？又是誰為了隱瞞那個人的罪行，而將倉庫內部布置成那個樣子？隈島在一一清查事情發生那天每個人的行蹤時，終於找到了答案。

原本應該阻止這次的演唱會才是，可是隈島做不到，所以一直到今天的演唱會開始前，他才告訴西川自己發現的真相。西川一聽完來龍去脈，主張立刻將兩人逮捕歸案，然而隈島說服他至少等到演唱會結束。他告訴西川，反正那兩個人都在我們眼前，沒有逃亡的疑慮，西川才勉強答應，沉默地聽著演唱會直到安可曲結束。

想到自己也接近退休的年紀了，如今還會把私人感情帶到工作上，隈島忍不住想嘆氣。這種事情絕對不能跟兒子說。

「哎呀，對不起——啊！隈島警官。」

撞到隈島背部的是剛才還在和聽眾談笑風生的竹內。他兩手拿著六瓶已開罐的百威啤酒。

「謝謝你抽空來聽我們的演唱會，你覺得這次的表演如何呢？」

「非常棒，真的非常棒。」

聽到隈島的感想，竹內汗水淋漓的臉浮現燦爛的笑容。

「對了——亮去哪裡了？我沒看到他耶。」

「亮嗎？他在休息室。我也不知道他怎麼了，只說想一個人靜一靜，要我們暫時別進去找他。」

周圍的喧譁聲瞬間消失。

「他有時候會變得很憂鬱。好不容易演唱會落幕了，他應該跟大家……隈島警官？」

隈島飛快從竹內身旁走過，撥開人群往休息室衝去。

（!）終章

不　不　不　不　不

我不想回頭

讓我就這麼走吧

可惡　水……

可惡　水……

——Sundowner "Across The River"

（1）

一張開眼，看見的是白色天花板。

接著出現在視野裡的是一名陌生女性。

「還不能起來哦。」

她說完後走到床邊，瞄了一眼掛在高架上的人工樹脂製袋子，然後在手上的文件上記錄什麼。

「手腕也不能動哦，因為上面插著點滴的針。」

這裡是病房。

姬川抬頭望著點滴，眨了幾次眼。這當兒，他朦朧不清的意識也漸漸清明了起來。

他知道自己失敗了。

以小刀割的左腕應該被仔仔細細地縫合了吧，而流了那麼多的血，大概也透過輸血補足了吧。

自己不管做什麼都是這樣，總是做不好，就像小時候不論練習幾次，就是無法畫好畫。

「你怎麼能做這種蠢事。」

床尾傳來話聲。那人繞過床鋪，來到姬川的肩頭附近。是隈島。

姬川透過窗簾的縫隙窺探窗外，只見一片昏暗，現在似乎是晚上。

「他可以說話嗎……？」隈島訊問護士，她輕輕點頭。

「我現在去叫醫生，在醫生來之前你們可以聊一下。」護士離開床邊，走出病房。

「等你復原之後……」隈島動作緩慢地打開旁邊的摺疊椅坐下。「我必須請你到警局接受調查。」

仍躺著的姬川點頭說道：

「警方全都知道了嗎？」

「我們應該已經掌握了所有真相，包括命案是何時、如何發生，以及你做了什麼事。」

「殺害光的情況是當事人自己坦白的嗎？」

隈島拉著耳垂，點點頭。

「剛才在警局問出來的。嫌犯很誠實，全都自白了，還說想跟你道歉，說真的很對不起你。還有要我轉告說……」隈島哀傷地嘆了口氣，低著頭說：「……謝謝你。」

這句話沉痛地打中姬川的心。

「嫌犯痛哭著說也很對不起樂團的其他團員，對不起竹內老弟、谷尾老弟，而最對不起的是——」隈島再度嘆了口氣才繼續說：「被害者的妹妹桂小姐。」

姬川聽不懂隈島在說什麼。

「因為他殺了她唯一的姊姊，害她變成孤單一人。」

腦子一片空白。

姬川凝視著表情嚴肅的隈島，一句話也說不出來，只是愣愣地張著嘴巴。

隈島擔心地湊近。

「亮……你是不是腦袋還迷迷糊糊？剛才醫生給你打了止痛劑之類的，是因為那個的關係嗎……」

「不是……不……我沒事。」

因為實在太過混亂，即使只是講出這幾個字，已經使盡全力。

剛才隈島說了什麼？

他說誰跟桂道歉？

誰害桂孤單一人？

「當然我現在還無法斷言，不過這次你做的事應該有從輕量刑的餘地，我是這麼認為的。」隈島用力點頭。接著他問姬川：「你應該是為了長年照顧你的野際先生，才這麼做的吧？你會那麼做是想要幫助他吧？」

「……野際大哥？」

姬川啞口無言地望著隈島。看到姬川的模樣，隈島突然蹙眉，嚴肅地盯著姬川的表情看了好一陣子後說：

「亮，你該不會……」他低聲問：「搞錯了什麼吧？」

姬川花了好長一段時間，慢慢整理腦海中的思緒，然後才出聲回答：

「……好像是。」

（2）

姬川老老實實地向隈島坦白一切。隈島很感興趣地認真聽著，然後從頭說明整起事件的真相。

光肚子裡的孩子是野際的。

「聽說兩人只發生過一次關係，就在三個月前光去見她父親的那天晚上。」

見到久別重逢的父親讓光很空虛，便自暴自棄。野際也因為樂團練習中心的經營困難，對一切都喪失希望。所以那天晚上那兩個人才會幹出脫離常軌的事吧，隈島說：

「心靈受傷的光也許是想在野際先生身上尋找父親的形象，希望得到某個類似父親的人的安慰……希望找回從心中消失的父親。我覺得光小姐的內心是這麼想的。」

警方會開始懷疑野際是因為胎兒的DNA鑑定結果出爐。

「西川不是從你們的外套領口採集毛髮嗎？就是用膠帶的那天……你們離開樂團練習中心後，他也採集了野際先生的毛髮做參考。我們將所有毛髮的NDA跟胎兒的相對照。看到鑑識科的鑑定報告，我們都非常吃驚，馬上到樂團練習中心詢問野際先生，然而當時他否認跟光小姐之死有關。」

似乎就是三天前，姬川為了送演唱會的門票去「電吉他手」時的事情。原來那天隈島和西川去找野際就是為了這件事。

「因為你的誤會，在倉庫做了那麼多事……所以野際先生認為可以隱瞞住自己的罪行。也或許是因為之前扮演什麼都不知情的樂團練習中心經營者的角色很成功，對自己的演技有點自信的關係也說不定。他本人也說，連谷尾老弟曾一度懷疑意外狀況的不自然時，他也沒有露出馬腳地出口否認。聽到這件事，連我都認為他的演技實在沒話說。」

的確，當谷尾懷疑倉庫的狀態時，野際並沒有反駁。

「今天訊問他時，他似乎不太清楚倉庫裡的布置是誰做的，只知道是Sundowner中的某人發現了自己的罪行，並幫忙隱瞞。」

隈島頓了一頓才繼續說下去：

「算是答對一半吧。」

姬川躺在床上，彷彿一字一句細細咀嚼地聽著隈島平淡的說明。然後，他提出應該最先提出來的問題：

「為什麼野際大哥要殺光……？」

隈島臉上的悲哀表情，是姬川前所未見的。

「該說是世代的差別，還是性別的差異呢……野際先生的感情獨自跑在前頭。那一天，他好像要求光小姐跟他一起死。」

「一起死？」

「是啊，你也覺得驚訝嗎……那麼，就不是性別之差了。」

隈島點了好幾次頭之後才繼續講：

「我大概可以理解他的想法，在他告訴我們動機後……他在經濟上被逼得走投無路，花了好長的時間建立起屬於自己的城堡卻即將崩毀。就在這個時候，他跟光小姐有了肉體關係。那天晚上對光小姐而言有怎樣的意義，我們已經不得而知了，也許只是單純自暴自棄的行為，也有可能是想在野際先生身上尋求父親的形象，支撐自己即將毀壞的心靈。不過有一件事可以肯定──直接引用野際先生的話來說，就是那個晚上之後，對野際先生而言，光小姐已經成為『新場所』，自己能存在的場所，自己能做夢的場所，自己能死的場所……而他理所當然地認為對方也有同樣的心情。」

隈島茫然地錯開視線。

「這想法很自私吧。不過能理解他心情的我或許也有那種自私的成分吧……我們這個世代啊，亮，也許並不是所有人都這麼想，但的確很多人都認為得到女性的身體等於得到她的心。和你們那一代比起來，這種錯誤的認知感要強很多。」

的確，姬川無法理解那樣的想法。他覺得肉體纏綿和交心這兩件事之間，距離很遙遠。

「所以野際大哥要求光跟他一起死嗎？也就是說，因為自己經濟拮据，活下去很辛苦，所以要她跟他一起死？」

說出這些話的同時，姬川真的覺得這樣的想法太異想天開了。

但是隈島斂起下巴點頭說：

「**沒想到她卻笑著拒絕。當聽到她的答案時，自己已經完全沒了頭緒**——據野際先生所言，殺害光時的情況就是這麼一回事。」

那是在那天下午還不到四點，姬川他們進練習室之前發生的事。就在姬川在倉庫和光說完話，回到等待區之後。

「野際先生開始幫光小姐整理倉庫。他說就是在那個時候對光小姐提出要求，要她跟自己一起死。然而她的反應和他自行想像的落差很大。野際原本已經非常脆弱的心就這麼一口氣被推下萬丈深淵。於是他一時衝動就殺了光小姐。」

「是怎麼殺她的呢?」

「聽說只是恍惚地將自己身旁的那臺大型音箱推向正蹲在臺下工作的光小姐。加上自己的體重很用力地推下去,什麼也沒想,很衝動又粗暴的殺人方法。野際先生因為戴著棉紗手套,沒有留下指紋,但是他並沒有要隱瞞犯罪的意思。——殺了光小姐之後,他想找個地方自殺,所以獨自離開了樂團練習中心。那間倉庫沒有工具可以自殺,所以他想去外面找合適場所。」

「原來是這樣……」

——野際大哥還沒回來……我怕他會有奇怪的念頭……

野際外出後,姬川為了騙谷尾和竹內出外,隨便講講的話,沒想到卻矇中了。

「聽說他會離開樂團練習中心,也是想讓你們能按照預定做最後的練習。對了,他要出去的時候,不是跟你們說了些話嗎?」

「有,我還記得。」

——練習結束後,小光在倉庫。

那個時候的野際留下這麼一句話便外出了。那一定是希望姬川他們練習結束後能發現光的遺體吧。

「但是,為什麼野際大哥又回到樂團練習中心呢?他不是打算找地方自殺嗎?」

「那也是很自私的想法,聽說他一直無法下定決心。——他到處尋找,曾爬上高樓大廈的頂樓，也曾站在卡車流量很大的馬路旁，他做了很多嘗試，然而總是無法踏出最後一步。他連遺書都寫好放在口袋裡了呢。」

「連遺書都寫好了？」

「只是寫著自己殺了光小姐的簡單遺書而已，他沒丟掉，所以我也看過了，關於兩人的關係倒是什麼都沒寫。」

隈島將話題轉了回來：

「他無法了結自己的性命，就這麼到處晃呀晃地，回過神時，他已經走回自己的樂團練習中心附近了。那個時候練習中心前停著警車，你們報案後最先趕來了一批制服員警。野際先生很在意事情的發展，便靠近警車，正好駕駛座的警察正對著無線電拉高音量在講話。他仔細一聽，發現警察多次說出『意外』這兩個字，讓他很驚訝。

「野際開始擔心起自己口袋裡的遺書。他心想萬一光之死被認定是意外，那麼自己留下寫著殺了光的遺書自殺，是不是不太妥當。不論對她的妹妹桂而言，或是她們姊妹倆還無法聯絡得上的雙親而言，光之死是「意外」還是「命案」，外界的觀感會相差很多。

「於是他想要更了解詳細情況，便小心翼翼地窺探練習中心內部。結果你們發現了他，竹內老弟跟谷尾老弟你一言我一語地開始說明狀況。——那時候的野際先生似乎真的非常驚訝哦，因為聽他們兩人所講，倉庫現場與自己殺害光小姐時的狀態不知道為什麼完全不同了，門的內側擋了個大鼓，電燈也全被關了。」

姬川忍不住低下頭。

「他完全搞不清楚狀況。到底是誰做了那種事？為什麼要那麼做？後來這兩個問題的答案朦朦朧朧地浮現了，換句話說，是你們之間的某個人幫他隱瞞了罪行。」

那個時候，野際的心靈被「鬼迷了心竅」，他決定先暫時隱瞞自己的罪行。但之後他實在下不了自殺的決心，也不知道自己該採取什麼行動，就這樣日復一日地演下去，眼睜睜看著時間過去。

「也就是說，若我什麼都沒做的話，案件立刻就能解決，對吧……」

姬川事到如今才明白自己做的事有多空虛，不禁深深嘆了一口氣。

但是隈島這麼對他說：

「不，你救了野際先生一命哦。因為你的那個……會錯意，讓他放棄自殺了。」

「說好聽一點是這樣啦。」

現在的姬川完全無法率直地接受隈島的安慰。

「嗯……隈島先生……這件事你跟桂說過了嗎？」

「啊啊，說了。」隈島沉默了一會兒，然後說出姬川預料到的話。「她似乎認為是你殺了光小姐。」

果然如此。

——我知道。
——我全都知道。
——是你做的吧？
——是為了我嗎？
病床上的姬川轉過頭，一直凝視著天花板。
太過空虛，讓他連哭的力氣都沒有。
不過，那一天，桂的羽毛夾克的袖口為什麼會有血跡呢？姬川雖然想知道答案，然而覺得麻煩，也就不再想了。

（3）

隔天，姬川領了幾天份的藥便出院了，但當然不是回自己家。他被關在拘留所，在警局接受隈島與西川長達兩天的仔細訊問。他在醫院裡已經對隈島坦白一切，因此訊問進行得很順利，他們兩人的態度也很和善，只是還是免不了被起訴，兩個人都要他對於三個月後召開法庭的宣判結果，先有某種程度的覺悟。當然，姬川心甘情願受罰。

在判決結果出爐之前，姬川被保釋，獲准回家。

隈島和西川在拘留所外等著他。

「你還會繼續玩音樂嗎？」

西川突然這麼問。在姬川回答之前，他很嚴肅地說：

「我最喜歡最後安可的那首曲子，是不是叫〈See Them, And You'll Find〉？聽說那是你們的自創曲，我是真的覺得你們很有才華。」

姬川沉默地鞠躬，正打算離開，西川叫住他追問：

「你們還會再開演唱會吧？」

姬川側過臉來，老實地回答他：

「我不知道。」

西川的眼裡出現淡淡的惋惜，接著他似乎突然想起什麼，走向停在旁邊的車子，拿著一個小紙袋走回來。紙袋上印著「西川咖啡豆」的標籤。姬川曾聽隈島說過西川的老家是開咖啡豆專賣店的。

「賄賂。」西川講出很敏感的詞。

姬川看向一旁望著一切的隈島，只見他嘴裡喃喃念著什麼便錯開視線。於是姬川輕輕點頭，接過紙袋。

離開拘留所的姬川取出剛從警方那邊領回來的手機，打開電源。他用力閉上眼睛，又緩緩張開。接著，找出桂的電話號碼。

待接鈴聲響了幾聲後，傳來桂疲憊的聲音。

「……喂。」

姬川不知道該從什麼地方講起，因為不知道，所以先問了兩個他想問的問題。一件是那天桂的袖子為什麼沾有血跡？雖然事到如今，答案已經無關緊要了。

桂回答：

「我的手掌受傷了，被螺絲起子刺到——」

那天桂在「電吉他手」的等待區調整雙踏時，掌心不小心刺破一個大洞，所以她的羽毛夾克才會沾到血跡。——姬川回想起光的告別式之後，桂在床上將月長石放在掌心時，從石頭表面反射的月光照著她的藥用膠布，那就是因為受傷而貼的藥用膠布。

「我不想讓你發現我受傷，我不想讓你擔心。」

桂說她害怕兩人的關係會進一步發展。

所以桂故意不讓姬川發現她的傷痕和血跡。她和姬川說話的時候盤著雙臂，要姬川還她月長石項鍊時，也只是態度惡劣地要他放在桌上就好。——姬川還記得那天練習時，桂的鼓打得有點亂，他把那樣的情況解讀為剛殺害了姊姊的關係，然而並不是，那只是因為受傷。

「再告訴我一件事。」

妳現在想見我嗎？姬川問。桂回答不知道，然後悄聲地向姬川道歉。
沒關係。姬川這麼回答之後，靜靜地闔上手機。

20

「他一定要在畢業前消失，這也是為了公司好。」

19

「不過我有點擔心，常董你不覺得剛才社長的樣子有點怪怪的嗎？」

18

「我不覺得啊。那個男人從以前就有點怪怪的，不是嗎？」

17

「説的也是，很難猜測他的心思。咦，您怎麼了？」

16

「沒有，沒什麼，沒事……咦？這……」

15

「常董，怎麼了？你臉色不太好耶。」

14

「噓，先別説話……很怪，感覺很怪……」

13

「怪？嗯，你這一講，還真的跟平常不太一樣。」

12

「你不覺得晃得很厲害嗎？這也搖晃得太誇張了。」

11

「而且風聲很大耶。」

10

「喂，好快，下降的速度好快！」

9

「在往下掉耶！常董，我們在往下掉！」

8

「可惡，那個老頭！」

7

「常董，快按緊急停止裝置！」

6

「沒反應啊，停不下來。」

5

「我不想死！」

4

「我也不想啊！」

3

「我不想死！」

2

「哇……」

1

「啊……」

2

「這是怎麼一回事？」

3

「在回升。」

4

「這簡直……」

5

「跟人生一樣。」

6

「有起有落。」

7 「不可以輕言放棄。」

8 「不管如何，明天太陽還是會升起呀。」

9 「不愧是常董，人生經驗豐富。」

10 「人生很漫長，你也要多學著點。」

……

（!）

終曲

閉起眼　你說一片漆黑
所有必需品都在你眼前
你要做的事只有一件
那就是
現在立刻張開你的眼

——Sundowner "See Them, And You'll Find"

「——然後呢？」

從左右耳拉下iPod的耳機，姬川抬頭問。

「什麼然後？」

竹內越過桌子探出身來，原本一直等待著姬川感想的他，臉上已經看不到剛才那種興奮的神情了。

「為什麼給我聽這個？」姬川將iPod放在桌上，推還給竹內。

「我是希望能讓你恢復一點活力，才專程重錄的耶，因為昨晚谷尾打電話給我，說今天你也要來啊。」

「聽這個作品就能讓我恢復活力？」

「不能嗎？」

「不太能。」

「是喔。」

竹內一臉遺憾地拿起咖啡杯；隔壁的谷尾則是指間夾了根七星苦笑著。

這是一家位於大宮車站附近，營業到深夜的咖啡館，三人正坐在咖啡館角落。昏暗的窗外，情侶或攜家帶眷的行人來來往往，也有些盛裝穿著的年輕女孩子。

再過大概三十分鐘，今年就要結束了。

「亮果然沒品味，我這麼用心錄的，你居然聽不懂。」

「聽懂了，是諷刺吧。」

竹內慌張地抬頭說：「不是諷刺，亮，我沒有那個意思。」

「開玩笑的啦。」

突然一陣沉默，接著三個人都笑了。

昨晚谷尾打電話來，提議在今年結束之前，大家再見一次面。他說並沒有什麼特別的目的，只是想和大家見面。姬川在這起命案中做的事，谷尾和竹內似乎都從隈島那裡聽說的。大家都那麼久的朋友了，看他們兩人的態度其實就知道，只是他們都故意不提。竹內錄了這麼奇怪的作品來給他聽，而谷尾應該是想表明今後大家的關係還是不會變吧，故意一副冷淡又粗魯的態度。谷尾的感情表現得太粗糙，而竹內的感情卻像手工藝品一樣，過於細膩。

「……嗯。」

姬川突然察覺一件事，猛地抬起頭來。剛才以iPod聽的竹內的作品。改變聲音錄下的臺詞。改變聲音的機器。聲音變換器。竹內拿來炫耀的機器。

那天夜裡的電話。

「原來如此。」

姬川覷了一眼竹內。原來是這麼一回事啊。

深夜打來的那通奇妙的電話應該是竹內打的吧，他一定是用聲音變換器打來的。

「喔喔，終於明白了嗎？」

竹內很高興地衝著姬川笑了。他沒察覺到是自己的惡作劇被發現了，還以為姬川聽懂了自己苦心重錄作品的含意。

「託你的福。」

因為覺得解釋太麻煩，姬川只是這麼回答。

在意的事情這下子全都消失了，但姬川卻沒有因此開朗起來。

幾天前，姬川離開拘留所之後，去了母親的住處。

姬川的保釋金聽說是母親付的。保釋金的金額是照姬川的年薪計算，雖然金額不大，而且三個月開庭後，馬上就會歸還，但母親要從現今的生活中籌出那些錢，應該也很辛苦吧。姬川想見母親，想親自向她道謝。可是他怎麼摁門鈴都沒人應門，姬川只好放棄，離開了母親家。正當他要走回來時路，突然回頭時，看見母親家中的窗簾微微晃動。方才躲避姬川視線的那個人確確實實就站在那裡，就站在窗簾的內側。

母親似乎今後也不打算對姬川敞開心胸。

一股無法壓抑的痛苦壓迫著姬川的心。他想，那是自己再怎麼下工夫也無法搓成同一條的無形線。姬川靜靜地離開那裡。

「對不起，我來晚了。」

聽到聲音回頭一看，原來是圍著圍巾、穿著連帽粗呢風雪大衣的桂，她氣息慌亂地站在門口，看來是衝進來的，背後木製雙開門搖晃得很厲害。

「不會，時間剛剛好。」

谷尾瞄了一眼手表。

「坐，先喝點熱的吧。」

竹內以下巴指了指姬川旁邊。

桂取下圍巾坐下。她看著姬川，微微笑著說：

「谷尾大哥跟竹內大哥在幫你打氣吧？」

「算是吧。」

「但是你看起來還是沒什麼精神耶。」

「沒那回事。」

「別再胡思亂想會比較好哦。」

桂在桌子底下輕輕伸出一隻手。姬川一看，仍舊貼著藥用膠布的掌心上，放著那條月長石的項鍊。

「再借你一陣子。」

桂以只有姬川聽得到的聲音低語。

姬川伸手接過石頭。桂應該是一直握在手中吧，石頭非常溫暖。

「我們去拜拜吧。」

聽到谷尾這麼說，姬川看向窗外。人們呼出白色氣息，滿面笑容地往前走去。看來大家一到年末都特別興奮。雖然隔著玻璃，似乎能清楚聽到喧譁聲。

日子過去了，人們祈禱著，新的一年到來。隨著時間流逝，所見所聞的色彩也漸漸淡去。某天在某地進退不得，回頭看著來時路，如同飛石(註)般殘留在那裡的，總是只有過錯。

無法重來的過錯。

「要不要去外面走走？」桂提議。

姬川、谷尾、竹內都無言地點頭，站了起來。

「吶，亮……其實……」走在人潮洶湧的除夕夜的街上，谷尾似乎想說些什麼。「沒事，沒什麼。」

「什麼？」

「沒事啦。」

「說啊。」

「就沒事啊。」

註：飛石（飛び石），日式庭園中鋪於地上供人踏行的石板。

「說啊。」

結果谷尾還是沒說出口。不過姬川知道他想說什麼。谷尾，還有竹內，他們都懷疑姬川殺了光。剛才谷尾正打算老實地向當事人告白。

「……啊。」桂站在人行道的角落，抬頭往上看。「開始敲了。」

遠處傳來除夕的鐘聲。姬川他們也停下腳步，抬頭仰望星空，仔細聆聽鐘聲。深邃的夜空中掛著一輪彷彿洗滌過的純白月亮。

「看來得好好寫賀年明信片了。」谷尾說。

「你還沒寫嗎？」竹內看著星空問。

「你寫了哦？」

「今天傍晚寫完了。」

「你們兩個半斤八兩嘛。」

「我說小桂，妳看看這個。」竹內說著捲起大衣的袖子。他掌心靠近手腕的地方黑黑的。

「我本來想用毛筆寫賀年明信片，結果變成這樣啦。」

看到竹內沾著黑墨的皮膚，桂嘲笑著說了些什麼。竹內反駁。谷尾笑著插嘴。

但是姬川幾乎沒有聽到他們三個人的聲音。

因為一個想法突然衝擊姬川的腦海。

「姬川大哥？」

桂看著他。谷尾和竹內也回頭。

姬川面對他們三個人。

「電話……我可以打一通電話嗎？」

自己的聲音彷彿從遠方的某處傳來。

谷尾苦笑說：

「你愛打就打，不用專程問我們啊。」

姬川離開三人到旁邊去。他拿出手機，彷彿一一確認似地緩緩按下號碼。

「……這裡是姬川家。」

耳邊傳來母親的細語。

「我想問妳一件事。」

聽到姬川單刀直入的發問，母親似乎很困惑，喘息聲透過話筒傳來。姬川自顧自地繼續說：

「二十三年前，妳畫了一張畫要送給姊姊當聖誕禮物吧？一張有著姊姊的臉的聖誕老公公的畫。」

電話那頭的氣息紊亂。姬川沒有等待母親回答，直接提問：

「妳會畫那張畫……」

姬川剛剛明白了。

他發現自己犯了一個很大的錯誤。

二十三年前的錯誤——還有，長達二十三年的錯誤。

「**是想要修復跟姊姊的關係吧**？」

沒錯。母親想要重修舊好。她過去一直虐待姊姊，然而她想要以那天為分界線，修復與姊姊之間的關係，於是親手畫了聖誕禮物。

「媽……」

漫長的沉默之後。

終於聽到母親的聲音：

「我想請她原諒我……」

母親的聲音如同啜泣，斷斷續續。

「我對那孩子做了好多次……好多次好多次殘忍的事……我對那孩子……」

「我知道。」

姬川出聲蓋過母親的告白：

「我知道，我現在終於明白了，從那天起，妳一直抱著這樣的想法：**姊姊是因為自己所做的事情而自殺的**。」

母親的嗚咽刺痛了姬川的耳朵。

姬川不由自主地閉上雙眼，握著手機的手微微顫抖著。原來如此。**母親並沒有殺姊**

姊，這二十三年來，她都認為是自己的虐待導致姊姊自殺。

母親對自己的親生兒子姬川封閉心靈，並不是為了殺害姊姊而贖罪，而是為了自己逼得姊姊自殺而贖罪。

只是，母親錯了，姊姊不可能自殺，因為她根本不認為自己被虐待，因為她哀傷的心拒絕接受現實，將虐待的體驗視為奇妙的夢境。

對，姊姊她——

姊姊真的是意外死亡。

「媽，再告訴我一件事，請妳回想起來，那一天，妳……」

姬川牢牢握好手機，繼續說：

「**妳畫姊姊的畫時，妳的袖口是不是沾到了紅色水彩**？」

母親白色運動服的袖口附著的那個液體。姬川與父親目擊到的那個污漬。血的紅。**聖誕老公公的紅**。

「袖口……水彩……」

母親依舊哽咽著，但也拚命摸索記憶地喃喃自語。

最後，母親給了姬川一個答案。聽到這個答案時，姬川內心裡的所有感情一口氣膨脹，形成大漩渦。他閉著雙眼，咬緊牙關，努力忍住淚水——母親的答案果真如同姬川所想的。

那並不是血跡。父親弄錯了，他誤會了。

在這次的事件裡，姬川以為是桂下手殺死光，桂以為是姬川犯的罪，野際以為有人幫他隱瞞罪行。而二十三年前——

母親以為是自己造成姊姊的自殺。

父親以為姊姊的死亡是母親犯的罪。

「媽……」

大家都看到了鼠男。

「媽，別哭……」

淚水溢出眼眶，姬川只能咬牙仰望天空。

「我……媽……」

該從何說起呢？該以什麼方式說好呢？什麼是過錯？該由誰來評斷？該怎麼請求，付出怎樣的代價，人們才能不犯錯地活下去？萬一差點犯錯時，要祈求什麼才能阻止錯誤發生？錯誤與正確要是如同孿生子一樣，那麼誰分辨得出來呢？

無法挽回嗎？人們什麼都無法挽回嗎？

電話的那一頭，母親出聲呼喚著姬川。

（全文完）

解說／臥斧

鼠耶？人耶？孰眞相耶？——關於《鼠男》

（本文涉及情節及謎底，未讀正文勿看）

你看他奔上大路，疑心生暗鬼，步步只疑是行者變化了跟住他。

——《西遊記》〈平頂山功曹傳信，蓮花洞木母逢災〉

《西遊記》裡頭，有這麼一段情節。

在第卅二章（有些版本是卅三章）起始，悟空師徒在寶象國收了精怪、救了公主後繼續上路，到得一山，聽說山上多有毒魔；悟空要八戒前去巡山，自個兒化身跟隨，每當八戒想要偷懶撒謊，便現身出來教訓。到了最後，悟空已經不跟了，八戒還是戰戰兢兢，遇著老虎烏鴉，全以為是孫行者又在監視。

八戒在此處「疑心生暗鬼」，正是所謂的「top-down processing」。

因著漸進的暗示，會讓人產生某種印象，在新的刺激出現的時候，自動做出某種有意義的認定；這種過程在資料管理、程式設計等領域都被廣泛地運用，心理學上也有不少例子。比如說「THE CHT」這組字，若將兩個「H」的上端寫得很接近、看似兩個上方開口的「A」，那麼觀者明明知道「CHT」是三個獨立的字母，卻很容易會將之視為有意義的單字「CAT」；另一個著名的例子，則是一張名為「Rat-Man」的圖畫，經過不同的循序變化，觀者看到這張圖時，可能會將它視為一隻盤尾老鼠，或是一個戴眼鏡的光頭男人。

這是道尾秀介《鼠男》的書名由來。

提起道尾秀介，都難免會提到他的「敘述性詭計」；而事實上，「敘述性詭計」也是一種「top-down processing」的應用：先以許多暗示將讀者的思考形塑成某種模式，最後再將之打破，重新建構出另一套邏輯。「敘述性詭計」有時會利用有問題的敘述者或者不按時序的敘事方式，以達成這種說白了是要「欺騙讀者」的目的；但，這樣的故事如果處理不當，很容易出現作者自以為是、讀者不以為然的情況。但《鼠男》裡，「敘述性詭計」的色彩並不濃厚，或者說，道尾秀介的這個故事，用的是推理小說當中更基本的邏輯破壞／重建手法，讀者與角色們接收的訊息幾乎是相等的，推理的流程也步調相同，並沒有太多刻意誤導讀者想法的扭曲設定。

更值得一提的是，道尾秀介在《鼠男》中，置入的兩個團體。

《鼠男》裡出現了兩具屍體，一是主角姬川亮的姊姊，另一則是他現在的情人小野木光，前者在姬川年幼時墜樓，後者則是在整理樂器倉庫時被倒下的音箱砸中頭部。姊姊亡故，是姬川家庭崩解的關鍵；而小野木光身亡，則使姬川的樂團成員之間互相產生猜疑。

這兩個團體的選擇，其實十分巧妙。

對內而言，家庭成員以婚配及血緣關係結合，而樂團則因樂手的共同興趣、目標及感情組成；對外而言，家庭自有一個符合傳統想像的團結樣貌，而樂團則有更現實的考量——團員必須精進自我技巧並且與其他團員相互搭配，才能夠順利地登臺演出。一是法律認可及血脈相連的組合，另一則是理想、情感以及技術層面的連結，道尾秀介選擇的兩個團體成員都不多，但具體而微地顯示了大多數團體的樣貌。

而在各自事件的處理上，道尾秀介也做了細膩的區隔。

在姊姊亡故的事件裡，母親對姊姊的虐待，是因血緣問題產生的憎惡，父親對母親的誤解因此萌生，也因對家庭及配偶的考量而選擇了自己的處理態度；而在小野木光身亡的事件中，姬川亮、小野木桂及谷尾瑛士等三個樂團成員的推測，則都被糾葛的感情關係影響了判斷方向，也讓他們在處理事件的方式上，做出了不同的打算。

道尾秀介較早的作品，多少帶著其他作者的影子，或者某些不大穩定的設定。

《背之眼》、《骸之爪》這幾本真備系列作品，帶著京極夏彥式的氛圍及橫溝正史式的推理套路，而《向日葵不開的夏天》及《獨眼猴》雖然在結局處理上都有出人意表之處，卻不免讓一些讀者覺得有點一廂情願。出版順序夾在《骸之爪》和《獨眼猴》中間的《影子》頗令人驚喜，不過似乎要到了在《獨眼猴》後出版的《所羅門之犬》，道尾秀介才找到了自己最擅長、發揮得最好的敘述角度。

接著，便是在《所羅門之犬》後出版的《鼠男》。

《鼠男》中沒有開拔到深山離島之類杳無人跡的詭異場景，沒有心態或外貌不同於平常人的敘述角色，甚至沒有用上《所羅門之犬》裡頭某些會讓讀者產生錯誤判斷的隱疾或狀態設定，而將所有關鍵與推論全都安排在合乎現實架構裡頭。也因這些想像與發展都如斯現實，於是在情節的推進當中，某種莫可奈何的哀傷氣氛，也就淡淡地瀰漫開來。

鼠耶？人耶？孰真相耶？

「Rat-Man」是個心理測驗，圖像本身並沒有絕對的答案，一如《鼠男》故事當中角色們在思緒偏差後所做的種種反應，很難直接辨明箇中的是非對錯。但與圖像測驗不同的是，無論這些角色因著猜忌而產生哪些行動，起因皆是他們並不知曉真相，後續也缺乏溝通，於是老鼠愈看愈像老鼠，再怎麼樣也難想像成男人的模樣。

所幸，《鼠男》的結局，道尾秀介還是撥開雲霧，透出隱隱的亮。

總有些過去無法追回，但總還有未來得要繼續。過去因猜疑累積而成的不幸，或許不可能完全修補，但當真相終於確定之後，未來要怎麼繼續行走，似乎就有了比較肯定的可能。在《鼠男》的結尾，姬川對自己發出了心痛的疑問，全書的最後一句，則有了遲疑、悲傷，但溫柔的回應。

疑心生出的暗鬼，終於消融。這是真相的價值，也是埋在人心當中的希望。

作者簡介／臥斧

除了閉嘴，臥斧沒有更妥適的方式可以自我介紹。

國家圖書館出版品預行編目資料

鼠男／道尾秀介著／珂辰譯； --.初版.- 臺北市；獨步文化：家庭傳媒城邦分公司發行, 2010〔民99〕
面 ； 公分. --（道尾秀介作品集：05）
譯自：ラットマン
ISBN 978-986-6562-74-7（平裝）

861.57 99021448

道尾秀介作品集 05
鼠男

原著書名／ラットマン
原出版社／株式会社光文社
作　　者／道尾秀介
譯　　者／珂　辰
特約編輯／李子安
責任編輯／詹靜欣

版 權 部／吳玲緯
行銷業務部／林婉君、黃介忠
編輯總監／劉麗真
總 經 理／陳逸瑛
榮譽社長／詹宏志
發 行 人／涂玉雲
出　　版／獨步文化
城邦文化事業股份有限公司
104台北市中山區民生東路二段141號5樓
電話：(02) 2500-7696　傳真：(02)2500-1967
發　　行／英屬蓋曼群島商家庭傳媒股份有限公司城邦分公司
104台北市中山區民生東路二段 141 號 11 樓
讀者服務專線：(02) 25007718；25007719
24 小時傳真服務：(02) 25001990；25001991
服務時間：週一至週五　上午09:30～12:00　下午13:30～17:00
讀者服務信箱E-mail：service@readingclub.com.tw
劃撥帳號：19863813　戶名：書虫股份有限公司
總 經 銷／大和書報圖書股份有限公司
電話：(02)8990-2588；8990-2568
傳真：(02)2290-1658；2290-1628
香港發行所／城邦（香港）出版集團有限公司
香港灣仔駱克道 193 號東超商業中心 1 樓
電話：(852) 25086231　傳真：(852) 25789337
E-mail：hkcite@biznetvigator.com
馬新發行所／城邦（馬新）出版集團
11, Jalan 30D/146, Desa Tasik, Sungai Besi,
57000 Kuala Lumpur, Malaysia
電話：(603) 9056 3833　傳真：(603) 9056 2833

美術設計／戴翊庭
排　　版／浩瀚電腦排版股份有限公司
印　　刷／中原造像股份有限公司
■ 2010年（民 99）11 月初版
定價／320 元

城邦讀書花園
www.cite.com.tw
Printed in Taiwan

RATMAN
by MICHIO Shusuke

Originally published in Japan by Kobunsha Co., Ltd., Tokyo.
Chinese (in complex character only) translation rights arranged with
Kobunsha Co., Ltd., Japan
through THE SAKAI AGENCY.

ISBN 978-986-6562-74-7

獨步文化
APEX PRESS

廣 告 回 函
北區郵政管理登記證
台北廣字第000791號
郵資已付，免貼郵票

104台北市民生東路二段 141 號 2 樓

英屬蓋曼群島商家庭傳媒股份有限公司

城邦分公司

請沿虛線對摺，謝謝！

獨步文化
APEX PRESS

書號：1UJ005 **書名**：鼠男 **編碼**：

請於此處用膠水黏貼

獨步文化 APEX PRESS

讀者回函卡

謝謝您購買我們出版的書籍！

請費心填寫此回函卡，我們將不定期寄上城邦集團最新的出版訊息。

姓名：________________ 性別：□男 □女

生日：西元________年________月________日

地址：________________

聯絡電話：________________ 傳真：________________

E-mail：________________

學歷：□1.小學 □2.國中 □3.高中 □4.大專 □5.研究所以上

職業：□1.學生 □2.軍公教 □3.服務 □4.金融 □5.製造 □6.資訊

□7.傳播 □8.自由業 □9.農漁牧 □10.家管 □11.退休

□12.其他________________

您從何種方式得知本書消息？

□1.書店 □2.網路 □3.報紙 □4.雜誌 □5.廣播 □6.電視

□7.親友推薦 □8.其他________________

您通常以何種方式購書？

□1.書店 □2.網路 □3.傳真訂購 □4.郵局劃撥 □5.其他

您喜歡閱讀哪些類別的書籍？

□1.財經商業 □2.自然科學 □3.歷史 □4.法律 □5.文學

□6.休閒旅遊 □7.小說 □8.人物傳記 □9.生活、勵志 □10.其他

對我們的建議：________________

____

____

____

____

請於此處用膠水黏貼